EVELINE PAWLICH

AF216286

Weihnachten: Das sind nicht immer nur Plätzchen und leuchtende Kinderaugen. Aber sie sind es natürlich auch. Doch häufig enden diese Feiertage ganz anders, als man es sich vorgestellt hat. Ein Gemisch aus sentimentalen Träumen und beinharter Realität mit einem Schuss Skurrilität spiegelt sich in den 19 Geschichten, die aus der unterschiedlichen Perspektive zahlreicher Weihnachtsfreunde und Weihnachtshasser erzählt werden. Ein biografischer Epilog rundet das Bild ab.

Eveline Pawlich, geboren 1951 in Berlin, arbeitete nach einem Germanistik- und Geschichtsstudium als Dramaturgin und an einem Berliner Gymnasium. Sie veröffentlichte Reiseberichte im Berliner "Tagesspiegel", den Kurzgeschichtenband "Falkenjagd" im Karin Fischer Verlag, den Gedichtband "Kein Halt auf dieser Strecke" bei BoD und Gedichte in Anthologien. Sie schrieb die Komödien "Sternekieken", "Haben Sie Raymond gesehen?" und "Tempus fugit - oder Vikki wird vierzig".

Eveline Pawlich

Mama,
die Tür klemmt !

Weihnachten mit Frieda

© 2018 Eveline Pawlich
Foto und Umschlaggestaltung: Eveline Pawlich
Satz und Layout: Eveline Pawlich
Herstellung und Verlag: BoD - Books on Demand,
Norderstedt
Erste Auflage: 2018
ISBN 9783748132608

Inhalt

SANTA CLAUS IS COMING TO TOWN

"Ich habe keinen Weihnachtsmann bestellt.", entschied Klaus
kategorisch und wollte die Tür wieder zuknallen.
Aber sie fiel nicht ins Schloss, denn der Weihnachtsmann oder besser gesagt der Mann, der
sich für den Weihnachtsmann ausgab, hatte
seinen Fuß schon in den Türrahmen gesetzt und
sein Springerstiefel verschaffte ihm unabwend-
baren Einlass. Klaus hatte keinerlei Chance,
denn da stand er nun, groß, breitschultrig im
Flur, der Weihnachtsmann. Gleich würde er seinen Revolver oder zumindest ein Klappmesser
hervorholen. Auch hing sein Jutesack noch
schlaff über der Schulter, leer, natürlich nur
dazu da, die Beute zu verstauen. Hatte er es
allein auf Klaus abgesehen? Oder Serientäter?
Ging zu allen, von denen er wusste, dass sie den
Weihnachtsabend allein verbrachten, allein verbringen wollten, weil ihnen all dieses Tamtam
ganz mächtig auf die Nerven ging, auf jeden Fall
zu Leuten, die mit Sicherheit weder Familie noch
anderen Besuch erwarteten.

"Verdammt! Was wollen Sie?"

Der Weihnachtsmann antwortete nicht auf
Klaus' beherztes Vorpreschen, - "What do you want?

Questque voulez-vous?" - konnte entgegengesetzt seines internationalen Rufes offensichtlich auch nicht einmal die gebräuchlichsten Fremdsprachen, sondern schob Klaus nur zur Seite und schritt an diesem wenig ernst zu nehmenden Gegner vorbei geradewegs ins Wohnzimmer.

"Machen Sie, dass Sie rauskommen!", versuchte es Klaus mit einem erneuten Anflug von Heldenhaftigkeit, aber auf seine naive Selbstüberschätzung bekam er nur die Androhung eines Kinnhakens zur Antwort. Eine nicht weniger naive Ankündigung, sofort die Polizei zu rufen, ersparte er sich. Der Bart dieses Mannes schien gefärbt, jedoch echt zu sein. Ansonsten sah er auffallend bleich aus, nahezu wächsern, trotz der roten Wangen. War das alles nur Schminke oder kiffte er, obwohl seine Statur einem dürren Drogenabhängigen eigentlich nicht entsprach? Vielleicht noch nicht Endstadium oder doch Schminke? Ob er eine Pistole hatte? Ein Klappmesser bestimmt. Gleich würde er Klaus bedrohen. Warum packte der denn nicht all das, was so rumstand, ein: die Stereoanlage, den Laptop, den DVD-Player... ? So alt war das Zeug doch noch gar nicht. Auch nach Bargeld oder Schmuck hatte er bislang nicht gefragt. Er blieb einfach nur stehen. Vielleicht war er ja auch Alkoholiker? Kiffer und Alkoholiker! Klaus' Mut war wieder steigerbar, auch wenn er ganz offensichtlich diesem Weihnachtsmann körperlich unterlegen sein würde. So versuchte er es mit Taktik und bot ihm einen Kognak an, den dieser nicht ausschlug, einen zweiten Schnaps, und schließlich packte er ihn zielstrebig am Arm, was dieser mit dem bereits angekündigten Kinnhaken beantwortete. Das genügte, Klaus eine realistischere Sichtweise der Rollenverteilung einnehmen zu lassen. So hatte er sich den Abend fern allen Weihnachtsgedusels nicht vorgestellt, er der Weihnachtshasser, der sämtliche Einladungen an diesen Festtagen zurückgewiesen hatte. Nicht einmal der Kinder wegen hatte er sich breitschlagen lassen, die schließlich die von ihm erwarteten Geschenke ebenso gut von ihrer Mutter ausgehändigt bekommen konnten. Sollten sie sich doch gefälligst ohne ihn diese weihnachtliche Harmonie in die Tasche lügen, die er in diesem Moment allerdings nur allzu gern geteilt hätte. Doch jetzt saß dieser Weihnachtsmann mitten in seinem Wohnzimmer, ließ Sterne aufsprühen und Glocken erklingen und ließ ihn vor allem nicht aus den Augen. Mit Sicherheit hatte der ein Messer. Da blieb wirklich nur eines: die Polizei.

Das Telefon stand direkt vor ihnen auf dem Tisch. Unmöglich. Spätestens jetzt würde der Ganove sich nicht mehr auf Kinnhaken beschränken, zumal ihn Klaus bereits provoziert hatte. Blieb noch das Handy draußen im Mantel. Klaus murmelte etwas von "... auf die Verdauung geschlagen" und gelangte zu seiner eigenen Verwunderung zwar unter einem äußerst misstrauischen Blick, aber ohne Behelligung hinaus auf den Flur, wo er zielstrebig nach dem Handy griff und sich mit diesem auf dem Klo verbarrikadierte. Der Weihnachtsmann würde bestimmt nicht sofort ohne Beute die Wohnung verlassen. War froh, endlich unbeobachtet zu sein. Sollte Klaus vielleicht doch besser zurück ins Wohnzimmer? Das Kinn schmerzte noch immer. Mit Sicherheit ein Psychopath! Wer weiß, was so einem noch einfiel? Ein Messer hatte der auf jeden Fall, wenn nicht sogar doch eine Pistole. Besser nicht umkehren. Gut, dass er diese stabile Vorrichtung zum Absperren der Badezimmertür damals angebracht hatte.

Eins - eins - null. Na komm schon! Die Polizei am Ende der Leitung ließ auf sich warten. Weihnachtsfeier. Vielleicht gerade beim Julklapp.

"Revier 42. Oberwachtmeister Fromm."

Endlich!

"Martens. Kommen Sie, um Himmels Willen, kommen Sie! Ich werde bedroht."

"Sie können telefonieren?"

"Habe mich eingeschlossen."

"Also nicht bedroht."

"Was reden Sie? Natürlich werde ich bedroht. Das Schloss! Kann aufgebrochen werden! Jederzeit!"

"Aha."

"Was soll das?"

"Es wird also aufgebrochen?"

"Nein."

"Warum rufen Sie dann an?"

"Sind Sie verrückt? Ich bin in Lebensgefahr!"

"Guter Mann, beruhigen Sie sich. Wer bedroht Sie denn?"

"Irgend so ein Weihnachtsmann."

"Na dann, frohe Weihnachten!"

Der Polizist am anderen Ende legte den Hörer auf. Das durfte nicht wahr sein! Klaus wählte noch einmal die Nummer. Draußen vernahm er Schritte.

"Polizeiwachtmeister Fromm am Apparat."

"Hier Martens. Verdammt, so fahren Sie doch endlich los!"

"Weshalb?"

"Hab ich doch gesagt. Dieser Weihnachtsmann! Ich meine, der Mann in meiner Wohnung, der sich für den Weihnachtsmann ausgibt."

"Was ist mit dem?"

"Ich höre ihn. Er kommt!"

"Dann seien Sie doch zufrieden. Mein Schwager hat einen bei der Tusma bestellt. Der kommt nicht. Stellen Sie sich vor, hat einfach abgesagt. Haben es heute gar nicht nötig, die Herren Studenten. Aber bei uns werden die Stellen gekürzt..."

"Begreifen Sie nicht? Er ist schon an der Tür!"

"Dann lassen Sie ihn doch herein, Sie Glückspilz!"

Es klickte in der Leitung. Nicht zu fassen! Einfach nicht zu fassen! Die Schritte waren verstummt. Vermutlich durchsuchte der Ganove schon die Wohnung. Der Schreibtisch! Nicht abgeschlossen. Die Fotos! Und draußen im Flur sein Mantel! In der Brieftasche noch mehr Fotos! Die Schuld- oder besser die Unschuldsfrage bei der bevorstehenden Scheidung konnte er vergessen. Also nochmals: eins - eins - null.

"Revier..."

"Ihren Vorgesetzten! Hören Sie? Ich will Ihren Vorgesetzten sprechen!"

"Weshalb?"

"Sie Idiot! Mein Leben ist in Gefahr und Sie - "

"Ist ja gut, ist ja gut. Das mit dem Idioten habe ich überhört. Wo wohnen Sie denn?"

"Engelsallee 19."

"Also, ich lass mich doch von Ihnen nicht verarschen!"

Oberwachtmeister Fromm knallte den Hörer auf. Draußen im Flur war es still. Sollte Klaus hinaus? Vielleicht war er ja gegangen, dieser Psychopath. Unwahrscheinlich. Außerdem zu gefährlich. Bestimmt hatte er schon seine Kanone entsichert (Er hatte bestimmt eine.). Auf jeden Fall ein Messer, um über Klaus herzufallen, sobald der ihm in die Quere kam. Klaus wählte ein viertes Mal die Nummer.

"Oberwachtmeister Fromm. Guten Abend!"

"Martens."

"Nicht schon wieder! Die Polizei hat anderes zu tun, als sich auf den Arm nehmen zu lassen von so ein paar Spinnern, die aus purer Langeweile zum Telefon greifen."

"Ich habe nicht im mindesten vor, Sie auf den Arm zu nehmen. Verflucht noch mal, so kommen Sie doch endlich! Dieser Mann, dieser Gangster! Die Tür! Keinen Moment mehr - ! Hören Sie!"

Klaus trat mit dem Fuß gegen die Tür.

"So hören Sie doch!"

Klaus trat ein weiteres Mal gegen die Tür.

"Ist ja gut. Wir kommen."

Genau dreiundzwanzig Minuten später klingelte es. Klaus schob den Riegel im Bad beiseite, stürzte in den Flur und riss die Tür auf. Vor ihm unter dem Strahlenkranz der Vierzig-Watt-Beleuchtung vom Hausflur stand ein Mann in rotem Mantel, weißem Bart und silbern funkelnden Handschellen, flankiert von zwei Männern in Uniform. Der eine von ihnen zeigte seinen Ausweis: Oberwachtmeister Fromm.

"Und das ist unser Weihnachtsmann, den wir nicht allein im Wagen lassen konnten, bevor wir ihn zum Revier mitnehmen."

Es handelte sich hier um einen wahren Philanthropen, der es trotz des einsetzenden Frostwetters wacker auf sich nahm, die Menschen, die ihm unterwegs begegneten, je nach Jahreszeit mit allem, womit ihn die Natur großzügigerweise ausgestattet hatte, zu erfreuen:

Weihnachten in Bart und Stiefeln, Ostern in langen Ohren und Inline-Skates.

"Wo ist er, Ihr...?", fagte Oberwachtmeister Fromm, und ohne eine Antwort abzuwarten, schritten die beiden Polizisten, ihren Weihnachtsmann hinter sich herziehend, zielstrebig ins Wohnzimmer. Klaus folgte.

"Nichts. Habe ich mir doch gedacht.", schnarrte die vorwurfsvolle Stimme Oberwachtmeister Fromms.

"Wir haben wahrlich anderes zu tun. Haben Sie überhaupt eine Ahnung, wie viele Stellen schon gestrichen sind, und dann..."

Klaus eilte voran in die Küche, nichts, voran ins Schlafzimmer, nichts, voran ins Bad, natürlich nichts (Dort hatte er sich ja bis soeben selbst versteckt.). Oberwachtmeister Fromm holte unüberhörbar Luft, während sein Kollege Frei ein vorwurfsvolles Räuspern vernehmen ließ, nicht ohne sich zuvor bei seinem Vorgesetzen mit einem Blick abgesichert zu haben. Und der von der Natur so begünstigte Weihnachtsmann bekam einen Hustenanfall. Da! Die Balkontür hatte sich bewegt. Klaus war erleichtert. Hier war der Beweis: Auf dem Balkon stand er, sein Weihnachtsmann, gerade dabei, seinen Sack unter dem Mantel verschwinden zu lassen.

"Na, da ist er ja.", konstatierte Wachtmeister Frei.

"Kommen Sie mal her!"

Zur Besiegelung seiner Glaubwürdigkeit bot Klaus den beiden Beamten einen Schnaps an, den diese gern annahmen. Es war ja schließlich Weihnachten. Und da der nackte Weihnachtsmann ihn dauerte, bekam der auch einen. Und weil der Weihnachtsmann auf dem Balkon total durchgefroren war, bekam auch er einen. Klaus goss sich selbstverständlich auch einen ein. Und da das Gebräu so gut schmeckte und so vortrefflich wärmte, kredenzte Klaus dann aus einer oder zwei weiteren Flaschen allen Männern noch einen und noch einen und noch einen...

Nun war die Welt wieder in Ordnung: zwei Polizisten, zwei Weihnachtsmänner und Klaus inmitten von ihnen. Eine Pattsituation, mit der alle zufrieden sein konnten. Und sie waren es auch, zumal Oberwachtmeister Fromm sich inzwischen mit der Unterbrechung des heiteren Beisammenseins auf dem Revier abgefunden zu haben schien, auf dem er diesmal ohnehin auf die Rolle des die Geschenke verteilenden Santa Claus verzichten musste zugunsten Kommissar Teufels. Und als der hustende Weihnachtsmann dann auch noch zwischen zwei Anfällen lauten Gebells seinen Mantel öffnete, schmolz sogar das Wachs seines himmlischen Kollegen zu einem Lächeln. Vielleicht überzog sogar ein wenig Farbe dessen gesamtes Gesicht. Bald schon zwinkerten sich alle fünf Männer auf eine ungewöhnlich vertraute Art zu, verwandelten ihr Lächeln zu einem

Grinsen, lachten unverhohlen, kamen beherzt einander näher und fielen sich lauthals gröhlend in die Arme, so als ob sie nur auf diesen Augenblick gewartet hätten, nur durch Straßen und Häuser geirrt seien, um nach einem arbeitsreichen Tag in eben diesem 54 Quadratmeter großen Appartment, dritte Etage, Neubau mit Fahrstuhl ihr ureigenstes Fest in gemeinsam fröhlicher Runde ausklingen zu lassen. Von so viel weihnachtlicher Herzlichkeit getragen erwies sich Klaus als vorbildlicher Gastgeber. So feierten sie alle einen ausgelassenen Abend, einen, der den Hausherren für die folgenden Jahre seines langen Lebens zum Glauben an das heilige Fest bekehrte und sich schon Ende September in den Warenhäusern nach Lichterketten und Christbaumkugeln umschauen ließ. Doch jetzt holte er zuerst einmal alle vollen und halbvollen Flaschen aus der Kammer, Wachtmeister Frei schmierte Brote, der wächserne Weihnachtsmann zauberte aus seinem Sack eine Handvoll feinsten Schnees hervor, der leise auf ein paar Blättchen weißen Papiers rieselte, und der hustende Weihnachtsmann knöpfte im Takt von *Joy to the World* nicht nur seinen Mantel auf, sondern legte auch seine Mütze ab, seinen Schal, seine Stiefel und tanzte mit der schönsten aufrecht stehenden Rute, die Mutter Natur überhaupt jemandem verleihen konnte, zum lauthalsigen Vergnügen aller durchs Wohnzimmer.

Zwischendurch hörte man ab und zu einen Piepton aus dem Flur, wo die beiden Beamten ihre Uniformjacken abgelegt hatten. Aber das kümmerte keinen. Schließlich war die Polizei hoffnungslos unterbesetzt, gerade an Weihnachten.

OH TANNENBAUM!

"Der Baum muss da weg!"

"Aber..."

"Er nimmt die ganze Sonne. Außerdem hatten wir dort den Grillplatz geplant."

"Du hast ihn geplant. Ich könnte noch schnell einen vom Händler..."

"Jetzt? Es ist der 24.! Die haben heute nur noch die übrig gebliebenen Krüppel. Unsere Tanne ist perfekt. Der schönste Weihnachtsbaum, den wir je hatten!"

Widerwillig fügte sich Johannes. Es war ihm in seiner 27jährigen Ehe höchst selten gelungen, seiner Frau Paroli zu bieten. Außerdem musste er eingestehen, dass sie tatsächlich im Sommer darüber gesprochen hatten, dieses Prachtexemplar von einer Blautanne zu fällen. Mindestens vier Meter, kerzengerade gewachsen. Jammerschade! Aber Tilda wollte einen Grillplatz. So trottete er quer über die Wiese in den Holzschuppen hinüber, um eine Säge zu holen.

Tilda wartete derweil ungeduldig. Selbstverständlich müsste sie helfen, damit der Baum auch in die geplante Richtung falle und nicht in ihre Rosenbeete. Tildas ganzer Stolz, diese Königinnen der Blumen: die nostalgische *Aloha* in Apricot, die gelbe *Candlelight* oder die von roten Außenblättern umgebene weiße *Nostalgia*. Wenn sich im Sommer die Knospen öffneten, betörte ihr Duft nicht nur Bienen und Hummeln. Manche dieser Prachtexemplare blühten sogar zweimal im Jahr!

"Hast Du eine Schnur dabei?", rief sie Johannes entgegen.

Natürlich hatte er eine dabei. Schließlich konnte man damit die Richtung des Fallens bestimmen. Daran musste sie ihn nun wirklich nicht erinnern. Und somit machte sich das in ihrem Alltag routiniert aufeinander eingespielte Paar ans Werk. Tilda nahm den Strick, klaubte die Äste ihres Opfers auseinander, das sich mit seinen festen Nadeln gegen den bevorstehenden Mord mit aller Kraft wehrte, was ihm letzten Endes jedoch rein gar nichts half und das ihm bestimmte Schicksal weder abwenden noch verzögern konnte. Dann band Tilda auf Kopfhöhe die dicke Schnur um den Stamm, verknotete sie mehrmals und zog sich mit deren fest um ihre Hände gewickelten Enden aus dem Tannenzelt zurück in die Richtung des Rasens, in die der Baum fallen sollte. Johannes erkundigte sich lauthals:

"Fertig?", was lediglich rhetorisch gemeint war.

Ohne eine Antwort abzuwarten, setzte er die Bügelsäge am Fuß des Stammes an und begann in wilder Hast mit seiner Aufgabe. Er tat es lediglich Tildas wegen und kompensierte seinen Groll gegenüber dieser für ihn völlig überflüssigen

Aktion in einem kraftvollen Hin-und Herziehen des Sägeblattes. Der Baumstamm hatte in den Jahren einen beträchtlichen Umfang erreicht, so dass die ungewohnte Arbeit dem wenig professionellen Holzfäller den Schweiß nur so die Stirn herunter rinnen ließ, während Tilda sich auf der gegenüber liegenden Seite des Baumes fröstelnd zu langweilen begann. Johannes stöhnte vor Anstrengung, was Tilda dazu bewog, ihn nochmals daran zu erinnern, dass sie ihm schon vor Monaten geraten hatte, eine Motorsäge anzuschaffen.

"Einzig für diese Aktion? Weißt Du, was uns dann dieser Tannenbaum gekostet hätte?"

"Er ist aber doch auch selten schön."

Ja, das war er tatsächlich, so wie er sich den ersten Schneeflocken des Dezembers entgegen streckte. Doch nun begann auch er zu ächzen. Johannes legte sich mächtig ins Zeug. Der Baum verlor sein Gleichgewicht. Tilda träumte vor sich hin. Johannes brüllte:

"Er kommt!"

Seine Frau schreckte hoch. Zu spät. Die riesige Tanne war ohne ihre Hilfe umgestürzt. Ein erbärmlicher Schrei durchschnitt den Garten. Dann Stille.

"Tilda?"

"Ja.", ertönte die Antwort kleinlaut, nicht ohne einen Unterton des Vorwurfs. Gerade noch rechtzeitig hatte sie zur Seite springen können.

"Warst Du das? Hast Du geschrien, Tilda?"

"Nein."

Die Eheleute setzten ihre Arbeit fort, sich noch immer wundernd, woher der herzzerreißende Schrei gekommen war.

"Die Tanne?"

"Quatsch! Spinnst Du?"

Erst als sie den Baum einige Meter beiseite geschleift hatten, entdeckten sie ein gekrümmtes Fellchen im Rasen. Eine kleine rote Pfütze in Höhe des Kopfes davor.

"Scheiße! Das ist Mia. Der Liebling von Frau Kreulert."

"Lebt sie noch?"

"Nein, die ist hin."

"Du wolltest doch auf die Richtung achten."

"Das macht sie jetzt auch nicht wieder lebendig."

Johannes und Tilda unterbrachen ihre Arbeit. Was nun? Sollten sie bei Frau Kreulert klingeln? Ihr den Unfall beichten? Ihre Fahrlässigkeit gestehen? Die arme alte Frau! Was für ein Schock würde das sein. Sie hatte doch niemanden mehr außer ihrem kleinen Liebling. Stolz hatte sie Tilda schon vor Wochen die Geschenke für die Gefährtin ihres einsamen Lebens gezeigt: eine kleine Stoffmaus mit grauem Kaninchenfell bezogen, einen Fressnapf aus Porzellan mit Mias Namen darauf, die leckersten und teuersten Katzenfutterdosen und ein pinkfarbenes Mäntelchen für kalte Tage. Nein, das konnten sie Frau Kreulert nicht antun. Nicht am Heiligen Abend!

Ganz klar. Sie mussten ihre Tannenbaumaktion unterbrechen. Tilda stapfte voraus über den Rasen in den Geräteschuppen und kam mit einem Spaten zurück. Ihr Vorhaben lag auf der Hand. Die Frage lautete nur: Wo? An der Grenze zum Nachbargarten von Frau Kreulert sollte es schon sein. Und die Sonne sollte darauf scheinen. Tilda wollte im Frühjahr einen Rosenbusch auf die Stelle pflanzen. Vielleicht ein weißes Schneewittchen mit einem Stich ins Gelb. Also nahm Johannes seiner Frau den Spaten aus der Hand und grub ein Schuhschachtel großes Loch (für Stiefel geeignet) in den vom ersten Schnee bedeckten Boden. Tilda widersprach. Man konnte Mia doch nicht so zusammenpressen, dass sie da hineinpasste. Total pietätlos! Brummend grub Johannes weiter, was ihm ein weiteres Mal an diesem Tag den Schweiß auf die Stirn trieb, da der Boden bereits gefroren war. Tilda hatte der Weile ein kariertes Wolltuch geholt, das eigentlich schon für die Altkleidersammlung bestimmt war. Jetzt wickelte sie Mia vorsichtig darin ein und trug das Paket hinüber zu Johannes. Der nahm es ihr aus der Hand und probierte die Größe. Ein, zwei Spatenstiche noch, und es passte. Mia wurde beigesetzt unter schlechtem Gewissen der Eheleute, das sich Johannes bemühte mit einem Witz zu überspielen:

"Lief mal eine gestreifte Katze über den Zebrastreifen..."

"Lass das, Johannes! Das ist überhaupt nicht lustig."

Über der Aktion war es Mittag geworden. Zum Glück kamen die Kinder erst am folgenden Feiertag. Also konnten sich Tilda und Johannes zunächst einmal eine Stärkung erlauben, bevor das Projekt Tannenbaum seinen Fortlauf nahm.

Gesättigt von einer deftigen Bohnensuppe und zwei Gläsern besten Beaujolais - es war ja schließlich Weihnachten - kehrten Tilda und Johannes zurück in den Garten, der sich inzwischen zu einem Friedhof gewandelt hatte, jedenfalls aus Sicht Mias und der zu Tode gebrachten Blautanne. Es dauerte nicht lange, und der Baum war im Zimmer. Doch nun kam die Überraschung. Er passte nicht hinein, war mindestens einen halben Meter zu hoch für die gerade im Oktober renovierte Zimmerdecke. Eindeutig. Johannes grauste. Nicht noch mal! Er war froh gewesen, dass Sägeblatt und Körperkraft den ungewohnt anstrengenden Akt des Fällens überstanden hatten. Tildas logische Schlussfolgerung, ihn mindestens um einen Meter, besser noch um anderthalb, zu kürzen, musste er natürlich einsehen, selbst wenn er zunächst witzelte, dass eine schräg aufgestellte Tanne äußerst innovativ sei.

Während Tilda sich in den Keller begab, um Christbaumständer, Lametta, Kugeln und Engel zu holen, machte sich Johannes ans Werk. Es dauerte eine Weile, bis seine Frau zurückkam, denn sie war beim Herumkramen neben dem Weihnachtsschmuck rein zufällig auf die Kisten mit dem alten Kinderspielzeug von Jasper und Theresa gestoßen. Was waren das für Zeiten, als die beiden noch klein waren! Eigentlich könnte sie doch morgen als Überraschung für ihre inzwischen erwachsenen Kinder deren alte Eisenbahn und die Puppenküche heraufholen. Sie würden sich bestimmt freuen. Und da, der große Karton mit all den Stofftieren! Noch fast wie neu. Eigentlich viel zu schade, um ihr Dasein hier unten im Keller Jahr für Jahr zu fristen, bis ihre beiden Sprösslinge endlich einmal ein Einsehen hätten und ihren Eltern die ihnen irgendwie zustehenden Enkel bescherten.

Als Tilda schließlich mit den Weihnachtskisten bepackt das Wohnzimmer betrat, traf sie fast der Schlag. Kaum konnte sie es vermeiden, dass ihr die Kartons mit den zerbrechlichen Glaskugeln zu Boden fielen. Die Christbaumspitze war es bereits. "Johannes!" Ihre Stimme versiegte und sie musste sich erst einmal setzten.

"Oh, nein! Was hast Du denn gemacht?"

"Wieso? Den Baum gekürzt. Einen ganzen Meter."

"Aber doch nicht die Spitze! Bist Du denn total verrückt?"

Tilda hatte die Erfahrung ja nicht gemacht, wie anstrengend es war, mit einem nicht mehr ganz neuen Sägeblatt einen nicht mehr ganz jungen Baumstamm zu durchtrennen. Also hatte Johannes sich die Arbeit etwas erleichtert.

"Wieso? Hauptsache er passt."

Nach kurzem Schwächeln hatte sich Tilda schon bald wieder im Griff. Eine Frau der Tat. Durch die Terrassentür eilte sie hinaus in den Garten, quer über den verschneiten Rasen zum Holzschuppen. Hier kramte sie aus der Gerätekiste eine Gartenschere hervor und gelangte mit dieser kaum drei Minuten später wieder zurück ins mehr chaotische als weihnachtliche Wohnzimmer, in dem der inzwischen nun zusätzlich enthauptete Christbaum noch immer quer auf dem Laminatboden wartete. Ungeachtet dass Johannes mit einer Zeitung im Sessel saß (Er streikte offensichtlich.), begann Tilda die oberen Zweige kegelförmig mit der Schere zu bearbeiten, die Melodie von *Oh Tannenbaum* so schräg vor sich hin summend, dass es nahezu einer Provokation gleichkam. Da sie einen künstlerischen Blick hatte, kristallisierte sich nach einiger Zeit auch langsam wieder so etwas wie eine Spitze heraus. Der Baum konnte aufgestellt werden.

Johannes reagierte nicht hinter seiner Zeitung. Er streikte tatsächlich.

"Bist Du beleidigt?"

Er war beleidigt. Also bemühte sich Tilda, allein den Baum hochkant zu stellen, was schon in Anbetracht ihrer Größe ein Ding der Unmöglichkeit schien. Nach etlichen variationsreichen Versuchen gelang es ihr natürlich nicht, den Baum zu stemmen.

"Johanneslein! Komm, hilf mir mal! Du siehst doch, dass es allein nicht geht. Ich hol Dir auch 'nen Schnaps."

Johanneslein wusste schon vorher, dass das nicht ging. Aber er war ja kein Unmensch und ließ sich nun dazu herab, den Sportteil der Zeitung beiseite zu legen, um Tilda beim Aufstellen des Christbaumes zu helfen.

Und so saßen sie am Heiligen Abend dann pünktlich um 20.15 Uhr nach den Nachrichten unter dem prächtig mit echten Glaskugeln (mundgeblasen) und Weihnachtslametta (wieder modern) herausgeputzten Christbaum: Johannes, Tilda und Frau Kreulert. Man hatte die arme alte Frau doch an diesem Abend nicht so allein lassen können und sie auf ein Glas Wein herübergebeten. Diese war ganz aufgeregt, weil doch Mia nicht von ihrem Streifzug zurückgekommen war. Das hatte ihr Liebling noch nie getan. Immer war das Tier spätestens mit Einbrechen der Dunkelheit eingetroffen, schon weil dann ein leckeres Katzenmahl auf sie wartete. Deshalb hatte die alte Dame auch das Fenster im

Erdgeschoss einen Spalt offen gelassen, ungeachtet der Kälte, als sie zögernd die Einladung
Tildas angenommen hatte. Die Weihnachtsstim-
mung wollte bei ihr nicht aufkommen, so sehr
sich Tilda und Johannes auch bemühten. Das
arme Tier musste schrecklich frieren. Vielleicht
hatte es sich verlaufen oder irgendein Fremder
hatte es eingefangen. Vielleicht so einer von
diesen obskuren Laboratorien, die Tiere für ihre
Versuche von der Straße wegfangen. Tilda
bemühte sich, Frau Kreulert zu beruhigen:

"Der Mia geht es ganz sicher gut. Irgendeine
liebe Seele hat sich ihrer bestimmt erbarmt und
das Tierchen sitzt wohlig warm - vielleicht unter
einem weichen Wolltuch - in einem der Nach-
barhäuser und schmaust jetzt die Reste vom
Festbraten. An Weihnachten dauert es doch einen jeden, wenn so ein armes Kätzchen frieren
muss."

Frau Kreulert beruhigte das kaum. So versprach ihr Johannes, ein Foto von Mia am PC
einzuscannen und zu vervielfältigen, das sie
dann alle zusammen am kommenden Vormittag
mit einer Suchanzeige an die umliegenden Bäume pinnen wollten. Ja, das machte Frau Kreulert
Mut. Und nun gab es die Geschenke. Johannes
wickelte eine 2000-Gigabite-Festplatte aus dem
roten Glanzpapier ("Prima. Genau die wollte
ich."), Tilda schnüffelte an ihrem gerade auf-
geschraubten Parfüm ("Du hast die richtige Wahl

getroffen, Schatz!") und Frau Kreulert strich mit ihren alten faltigen Händen über das nur wenig verblichene Kunstfell einer Miezekatze aus Theresas Kindertagen ("Mia ist auch getigert. Nur etwas mehr schwarz.").

Unterstützt von zwei Flaschen schweren Burgunders und einer Schüssel Pfeffernüssen wurde es dann doch noch ein harmonischer, wenn auch etwas wehmütiger Abend.

"Was für ein prachtvoller Baum!", konnten sich die Kinder gar nicht beruhigen, als sie am darauffolgenden Abend den ersten Feiertag bei ihren Eltern ausklingen ließen. "Und Ihr habt Euch so viel Mühe gegeben."

"Ja, Euer Vater hat kräftig geschwitzt beim Sägen."

"Und Eure Mutter ist für diese prächtige Spitze des Baumes, wenn auch ein wenig schief, verantwortlich."

Die Blicke Theresas hangelten sich verzückt an den Glaskugeln von unten nach oben. Kindheitserinnerungen wurden wach. Nur die Tannen waren damals kleiner. Sehr viel kleiner. Und genau genommen waren es Fichten.

"Oh Gott, was ist das denn? Habt Ihr das schon gesehen?"

Sechs Augenpaare folgten ihr erschrocken bis zur Zimmerdecke.

"Du liebes Bisschen!"

Über die neu gestrichene weiße Farbe krabbelten unzählbare kleine schwarzgraue Tierchen.

"Spinnen! Wie schön! Na, wenn das kein Glück bringt! Kinder, wir werden einen glücklichen Grillsommer im Garten verbringen."

Im übrigen: Frau Kreulert hatte auch Glück, das Glück nämlich, dass ihr im folgenden Januar ein kleiner weißer Kater zulief, der jetzt ein neues Zuhause gefunden hatte. Und so tröstete sie sich damit, dass es Mia bestimmt ähnlich ergangen war und dieses treulose Geschöpf nun wohl im neuen Heim genauso wohlig ihren norwegischen Lachs aus der Dose hinunterschlingen würde wie das putzige Moritzchen.

ENGEL IM TAXI

Ein Engel! Es verschlug ihm den Atem. Ein Engel überquerte die Fahrbahn, ließ seinen alten Daimler auf der Stelle stoppen, so dass die Bremsen laut quietschten. Himmelblaue unschuldige Augen blickten ihn an durch die Windschutzscheibe. Dann öffnete sich die hintere Wagentür und goldene Locken wehten hinein, als dieser Engel Platz nahm auf dem Rücksitz seines Taxis.

Ein betörender Duft verbreitete sich wie eine Mischung aus hundert der teuersten Parfüms, nur etwas aufdringlich, aber himmlisch. Und eine klare helle Stimme forderte sanft:"Sternstraße 18." Sein Herz jubilierte, als er die Kupplung kommen ließ und langsam anfuhr. Dicke Schneeflocken wirbelten durch die Luft und von Ferne hörte er die Glocken der Weihnachtsmänner vor dem Kaufhaus. Die Heizung verbreitete eine wohlige Wärme. Aus den Lautsprechern des Autoradios strömte Bing Crosbys samtige Stimme dahin: *White Christmas.* Und hinten dieser wundervolle Engel auf dem Rücksitz! Atmosphärische Gefühle brachen sich Bahn durch seine Brust hinunter und erfüllten das Taxi.

Ganz fest musste er seine Hände auf dem Lenkrad halten. Zum Glück saß er nicht vorn auf dem Beifahrersitz, dieser Engel. Er hätte für nichts garantieren können - zumal er sich mit Charlotte gerade gezofft hatte. Aber was war schließlich Charlotte gegen dieses zarte, zerbrechliche Wesen, das dort hinten grazil in seinem Taxi saß! Was gäbe er darum ... Schließlich war er auch nur ein Mann, und vielleicht wollte ja auch dieser Engel - Quatsch! Engel darf man nicht bumsen. Doch allein die Vorstellung erfüllte ihn mit unsagbaren Gefühlen. So fuhren sie beide geborgen dahin in ihrer kleinen Welt der vorweihnachtlichen Erwartungen, der Taxifahrer und sein Engel.

Sternstraße 18. Er bremste und sah auf den Taxameter: 32 Euro 80. Wahnsinn, diese Preise heutzutage! Kaum einem Menschen waren sie zuzumuten, geschweige denn einem Engel! Wie sollte er diesem zarten Geschöpf mit so materiellen Brutalitäten kommen? Er reduzierte den Fahrpreis in Gedanken und drehte sich um.

"32 Euro 80.", stieß er hervor, als er geradewegs in das Gesicht der Frau auf dem Rücksitz blickte: geäderte Haut, Pickel, verschmierter Lippenstift über dem schmalen Mund, aschbraune Haare, die von einem verwaschenen Stirnband nach hinten gehalten wurden. Auf dem Rücksitz neben ihr lagen die goldenen Locken.

"Det kann ick jetze nich' zahlen. Sind ja Wucherpreise! War ick nich' druff vorbereitet. Ick hab vorhin fast mein jesamtes Honorar einjezahlt uf de' Sparkasse, weißte?"

Der Taxifahrer sah sie entgeistert an, diese Frau, während sie ihre Perrücke in eine Plastiktüte stopfte.

"Mensch, du kieckst wie´n Weihnachtsmann! Pack ma' deine Rute aus! Ick bleib dir schon nischt schuldich. Ick hatte heute noch keene Kundschaft. Die Konkurrrenz, weeßte, die aus'n Osten."

Ohne auf den entgeisterten Blick zu achten, fuhr sie fort:

"Wenn de des nich' hier machen willst, könn' wa ooch zu mir."

Das war kein Engel.

Er ging trotzdem mit, nicht um diese Art der Bezahlung entgegenzunehmen, nein, um Gottes Willen, niemals, nicht mit so einer! *Ausgelatschte Schuhe* nannte man so eine in China. Das hatte ihm einmal ein weit gereister Fahrgast erzählt. *Ausgelatschte Schuhe*. Was würde Charlotte von ihm denken? Aber Namen und Adresse wollte er doch herausbekommen, um eine Rechnung zu schicken, notfalls einzuklagen. Vielleicht hatte diese Tucke ja auch noch Geld in der Wohnung. Hatten die oft.

Sie betraten ein regelrechtes Lotterzimmer, das sich gleich hinter der Tür an Stelle einer Diele auftat. Etwas anderes hatte er auch gar nicht erwartet. Rote Tapeten, rot-geblümte Gardinen, ein ungemachtes Doppelbett, auf dem sich gerade eine Katze rekelte. Schuhe lagen herum, Strumpfhosen, hier und dort ein Stück Unterwäsche (schwarze Spitze).

Die Tucke guckte ihn herausfordernd an, aber ihm war bereits alles vergangen. Sein Geld wollte er, sonst gar nichts.

"Nu' lass ma', ick mach dir wat Warmet, vielleicht kommste denn uf warme Jedanken. Aba wenn de nich' willst, musste ja ooch nich'. Dann schenkste mir die Fahrt eben. Is' ja Weihnachten."

Einen Dreck wollte er ihr schenken. Aber auf den Kaffee konnte er sich schon einlassen. Bei dieser Kälte!

Sie stupste ihn durch eine kleine Tür ins Nebenzimmer. Hier wurde es auf einmal bürgerlich. In einer Ecke stand eine sorgfältig geschmückte Fichte neben dem Sofa, auf dem Couchtisch, dessen Platte ein mit Weihnachtsmotiven bestickter Läufer bedeckte, eine Keksdose mit Plätzchen. Die Katze war ihm gefolgt. Sie hatte das Lotterbett verlassen, glaubte offensichtlich an Schichtwechsel.

Der Taxifahrer stand mitten im Zimmer, allein, denn das Tier war inzwischen seiner Herrin in die angrenzende Küche gefolgt. Er blickte sich um. Viel an Möbeln gab es nicht. Außer Sofa und Tisch einen Stuhl, einen Sessel, einen Schrank - Gelsenkirchener Barock - mit einer Schnapsfläschchensammlung hinter der Scheibe. Ein miefiges kleines Wohnzimmer, null-acht-fünfzehn. Nur eines fiel aus der Reihe: Die Wände waren über und über behängt mit Fotografien (Schwarz-weiß-Fotos, Polaroid, Passbilder). Ausschließlich junge Leute waren abgebildet: Mädchen, junge Männer, zwei Krabbelkinder. Sentimental, die Tucke! Wie alle diese Nutten. Sammeln entweder Kinderbilder oder Plüschtiere.

Die Nutte war zurückgekommen ins Zimmer mit zwei Tassen Kaffee, die sie zum Tisch balancierte. Sammeltassen! Sie bedeutete ihm, sich zu setzen. Bloß nicht aufs Sofa! Er wählte den Stuhl. Dann wollte er die Bezahlung zur Sprache bringen, aber er fragte nach den Fotografien. Ob sie Kinder sammele. Sie lachte ihn an und ihre himmelblauen Augen strahlten:

"Ja, da haste janz recht. Ick sammle Kinda."

Und dann erzählte sie ihm von ihren vier Kindern aus Rumänien, Pakistan, Indien und dem Sudan, deren Patenschaft sie übernommen hatte. Stolz kramte sie aus der Schublade des Gelsenkirchener Barockschrankes weitere Fotos hervor. Denen folgten Briefe und zum Schluss ein Foto von ihr selbst mit einem Jungen, der dem einen Jugendlichen auf dem Bild an der Wand ähnelte, nur jünger.

"Siehste, und für die hab ick vorhin das Geld einjezahlt. Damit aus die mal was wird, was Ordentlichet, nich' so was, wat ick bin. Ne richtije

Ausbildung kriejen die. Und weil des die ihre Eltern nich' zahlen können, tu ick det halt."

"Warum?", fragte er sie. Aber sie zuckte nur mit den Schultern und lachte. Sentimental. Und auf einmal bemerkte er die goldfarbenen Strähnchen in ihren aschbraunen Haaren, die genau dem Ton der Perrücke entsprachen.

Er bedankte sich, bevor er sich verabschiedete. Aber er wusste überhaupt nicht warum. Das mit dem Geld hatte er total vergessen. Dann stieg er in sein Taxi und beschloss, Feierabend zu machen. Aus den Lautsprechern klang *White Christmas* und ein klein wenig des himmlischen Duftes umgab ihn im Auto noch immer. Draußen fielen schon wieder dicke Flocken, während es langsam dunkel wurde.

Als er zu Hause seinen Briefkasten öffnete, flatterte ihm eine Weihnachtskarte entgegen. Er bückte sich, hob sie vom Boden auf und erblickte darauf einen wunderschönen Engel mit goldenen Locken.

KARLIS BRENNENDES KNUSPERHAUS

Als die dumme Katze auf den Schreibtisch gesprungen war, hatte sie die brennende Kerze des ersten Advents mit ihrem dummen Schwanz umgeworfen. Die Flamme kippte ausgerechnet auf das Manuskript der Geschichte von Karlis Knusperhaus. Ich versichere, es war eine spannende und herzergreifende Geschichte vom wundersamen Knusperhaus, das jetzt so plötzlich in Flammen stand. Und übrig blieb nur noch die Asche.

UNTERM MISTELZWEIG

"Wo hast Du Geri gelassen?"

"Sie kommt nicht."

"Später?"

"Wir haben uns getrennt."

Cleo blickte ihn verständnislos an. Seit Jahren immer dasselbe. An jedem Weihnachtsabend kam Anton in Begleitung einer mehr oder minder Schönen zum Hirschbraten (Gans gab es nicht wegen der katastrophalen Tierhaltung.). Manchmal schleppte er auch zwei Jahre hintereinander die gleiche Person an, obwohl dies eher die Ausnahme war. Und diesmal nun plötzlich gar niemanden? Dabei hatte er ihr erst letzten Monat noch von Geri vorgeschwärmt, als sei sie die ewig Ersehnte, die endlich aus dem Nichts aufgetauchte Unabhängige, die große Liebe seines Lebens. Cleo war sich allerdings sicher, dass es sich nicht um das Nichts gehandelt hatte, sondern ganz profan um eines dieser Internetforen, aus dem Geri aufgetaucht war. Aber das nur nebenbei. Auf jeden Fall eine Frau, die es offensichtlich verstanden hatte, den immer noch attraktiven Womenizer - auch wenn sich die ersten grauen Haare schon unmissverständlich ans Licht drängten - zur Ruhe kommen zu lassen. Es wäre nun doch wirklich höchste Zeit gewesen, dass dieser Mann aus dem Sumpf seines Singledaseins herausgezogen würde, bevor er noch tiefer in seinen Macken versank. Zugegeben, es waren Macken, mit denen man leben konnte, aber es waren eben unmissverständlich die ersten Anzeichen eines Lebens, das unwiderruflich in trostloser Einsamkeit enden würde. Welche Frau könnte es schon auf Dauer ertragen, neben einem Mann mit pinkfarbener Badekappe und knallgelben Schwimmflügeln über die Strandpromenade zu flanieren? Oder jeden Morgen von den Telefonanrufen der schwerhörigen Frau Mama geweckt zu werden, die ihren Sohn fürsorglich darauf hinwies, frische Unterhosen anzuziehen? Cleo wusste genau, wovon sie sprach. Natürlich war es bequem, so ein Leben, in dem man bräsig in seiner Single-Zufriedenheit schmoren konnte, während man im Zentrum des Kompasses seine Magnetnadel heute mal nach Osten, morgen dann nach Süden, übermorgen vielleicht nach Norden oder sonst wohin ganz unverbindlich ausrichtete. Aber sollte sich das Freiheit nennen? Es war ja nicht einmal billiger, so ein Single-Dasein. Hier verdoppelten sich nämlich nicht Glück und Zufriedenheit, sondern nur die Kosten: für Hausstand und Hund, Rundfunkgebühr und Putzfrau, Mercedes und Crosstrainer, ganz zu schweigen von den doppelten Preisen bei Hotelzimmern, ein bei der stetigen Inflation nicht von der Hand zu weisendes Argument. Geri schien für Anton die Rettung.

Und Cleo hatte sich aufrichtig gefreut, dass er dieser so nahe gewesen war.

Was waren die anderen doch für Weihnachtsgänse gewesen, die er in den letzten Jahren ab- und angeschleppt hatte! Da war Katharina, die sich so besoff, dass sie es nicht mehr zum Klo schaffte und auf die Katze kotzte, als die sich auf ihrem Schoß rekelte. Oder Pussy, die zu doof war, einen Satz vollständig auszusprechen. Zugegeben, sie hatte einen Mordsbusen und war auch sonst gut gebaut. Aber die Zahnspange! Musste doch beim Küssen stören. Vielleicht konnte man diese ja vorher herausnehmen. So wie bei einer Prothese. Oder Tatjana. Rassige Russin, die nicht nur Anton, sondern auch Cleo beim Tanzen in den Po kniff. Mein Gott! Cleo war durchaus aufgeschlossen und keinesfalls von Vorurteilen geprägt. Aber einen Dreier hatte sie ausgerechnet am Heiligen Abend nun wirklich nicht im Sinn gehabt. Anton sicher auch nicht, so aufgebracht, wie der war. Auch hatte dieses Miststück so fest zugekniffen, dass Cleos Spiegel noch zwei Wochen lang blaue Flecke an ihrem Hintern signalisierte. In diesem Moment hatte sie sich damals sehr danach gesehnt, Tatjana als Engel die Treppe hinunter fliegen zu lassen und mit Anton allein einen himmlischen Abend zu verbringen. Kein Dreier. Definitiv! Ein Zweier - na ja - vielleicht - warum nicht? Anton war schließlich ein sehr, sehr guter Freund, eigentlich...

Schon immer. Aber stattdessen schleppte er ihr Jahr für Jahr eine neue seiner Katalogmiezen an. Vielleicht wäre diese Geri ja endlich mal die Richtige für ihn gewesen.

"Ach Toni, ich habe extra einen Mistelzweig aufgehängt. Denn ich dachte: Diesmal, ja diesmal - dieses Mal - ist es Mrs. Right."

"Es ist Mrs. Right. Seit Jahren. Eigentlich immer. Aber wer will schon eine Abfuhr erhalten? Deshalb all diese... diese... unbedeutend... - flüchtig wie Engel."

Anton fasste Cleo an den Schultern, schob sie behutsam unter den Mistelzweig und löste ihr die silberne Halskette mit dem Schlangenkopf, dessen Saphiraugen an jedem Weihnachten diese flüchtigen Engel fixiert hatten. Dann küsste er sie, und es wurde ein turbulenter Heiliger Abend, ein Abend, auf den beide immer gewartet hatten.

VOM VERLORENEN

Heiligabend – am Morgen. Orgelklang breitete sich über die vom Efeu zugewucherten Gräber. Gewaltig, so als ob das Jüngste Gericht soeben ausgebrochen sei. Dazu Regen und eine Finsternis, die eher einen späten Abend verhieß als diesen noch sehr frühen Vormittag.

Es war geheizt. An Weihnachten war die Kirche geheizt – schon morgens. Die zahlreichen Anwesenden nahmen sie dankbar wahr, diese Wärme. Schals wurden gelockert, Mäntel aufgeknöpft, Taschentücher hervorgekramt, Brillengläser geputzt. Am Eingang neben der schweren dunklen Eichentür tropften zahlreiche Schirme. Die meisten waren schwarz. Schwarze Tropfen von schwarzen Schirmen vor schwarzem Portal. Unterm Altar ein Blumenmeer. Eine rote Pracht mit weiß gesprenkelten Tupfen. Zart duftende Wellen wogten bis in den Gang hinein, der die beiden Sitzblöcke voneinander trennte. Ab und an ein Sich-Schneuzen. In den mit Glimmer betupften Rosen und Chrysanthemen spiegelte sich der Glanz unzähliger Kerzen, deren Wärme die Herzen gerade am Heiligen Abend erweichen sollte und deren Schein die über ihnen thronende Altarfigur hell erstrahlen ließ.

Es war der 24. Dezember. Und die Kerzen erleuchteten die Christusfigur, denn es war sein

Fest, das Fest der Liebe und der Hoffnung. Doch es war nicht das Kind, das der Heiligen Jungfrau in die Arme geschnitzt worden war, gewickelt in Windeln, nein, es war der hagere elfenbeinerne Leib, den man seit nahezu 2000 Jahren immer wieder ans Kreuz genagelt hatte. Nicht die Geburt Christi wurde hier gefeiert am frühen Vormittag. Margaretes Beerdigung war es, die man beging, während der Regen draußen toste und der Orgelklang erlosch.

Der Priester in schwarzer langer Robe verkündete ihren Namen, während die bereits weißhaarigen Ministranten in ihren schon etwas angegilbten Spitzenkragen die goldfarbenen Weihrauchkesselchen über den vom Blumenmeer überfluteten Sarg schwenkten.

" 'Gott hat seine Engel geschickt, dich zu behüten auf allen deinen Wegen. Wohin du auch gehst, werden sie dich begleiten. Wenn Gefahr besteht, dass du dich verletzt, werden sie dich tragen. (Psalm 91, Vers 11 und 12).' Sie, die Engel, haben auch Dich begleitet auf deinem Wege, liebe Margarete. Sie haben Dir treu zur Seite gestanden, in Freude und Leid. Nicht nur in Deiner geliebten Familie, deren Mittelpunkt Du stets warst, sondern sie gaben Dir auch die Kraft, manche Unbillen zu ertragen. Und nun begleiten sie Dich auf dem Wege in ein neues Leben. Dein erfülltes Leben im Kreise Deiner Familie, die Du Dich stets bemühtest zusammenzuhalten, geht hier nun zu Ende, aber wir wissen ja alle, dass das Ende nicht das Ende ist. Das möge ein Trost sein für Deinen lieben Mann und Eure beiden Töchter Julia und Nina."

Frank schluchzte. Er hatte sich fest vorgenommen, standhaft zu bleiben, nicht zu weinen, aber nun rannen die Tränen ihm doch über die Wangen, als er dort so saß, auf der ersten Bank der kleinen Kirche, zwei Plätze einnehmend, allein, dieser Berserker von einem Mann, so allein und auf einmal so klein. Margarete, warum hast Du mich verlassen – viel zu früh? Wer bereitet nun den Festtagsbraten, der nie aufgegessen wurde? Wer schmückt den Baum, der schon seit Jahren darauf wartete, von Kinderaugen bewundert zu werden? Wer geht mit dem Hund Gassi am frühen Morgen und am späten Abend? Wer hält mir die Telefonate vom Leibe? Wer tippt meine Manuskripte? Frank blinzelte durch die Tränen hindurch hinüber auf die erste Reihe rechts neben dem Gang. Ein breitschultriger Mann im Vordergrund ließ ihn Julia nur schemenhaft erkennen.

Sie saß neben diesem Mann, blickte starr geradeaus, die kalte Hand in der seinen wärmend. Unbegreiflich! Ihre Mutter! Ihre geliebte Mutter! Was hatte der Pfarrer gesagt? Neues Leben? So ein Quatsch. Es gab kein Weiterleben. Engel? Was für eine Sentimentalität! Eine typische Weihnachtssentimentalität. Aber es gab kein Weihnachten. Heute gab es kein Weihnachten. Hatte es das je gegeben? Doch. Mutter hatte sich immer sehr bemüht mit den Geschenken. Julia berührte die Perlen an ihrem Hals, ein Weihnachtsgeschenk, Familienerbstück. Wann war das? Vor sechs, vor sieben Jahren? Julia unterdrückte die Tränen. Ihr Mann drückte fest ihre Hand. Sie fühlte sich geborgen und aufgehoben in ihrer kleinen Familie, bei ihrem Timo und den beiden Kindern, die sie jetzt zu Hause gelassen hatten. Wie viel geborgener als ihre Schwester, deren Leben so verkorkst war. Aber die war ja auch schon immer total aus dem Ruder gelaufen.

Nina saß nicht in der ersten Reihe. Aus der dritten Reihe konnte sie ihren Vater im Profil sehen, von ihrer Schwester nur die sorgsam frisierten braunen Haare. Sie selber gab sich keine Mühe mit ihren Haaren, auch nicht mit ihrem Äußeren. Bürgerlicher Quatsch. Was gab es für einen Zoff, als Mutter sie überredet hatte, damals, zum Abitur einen grauen Blazer überzuziehen. Total bescheuert kam sie sich darin vor. Vermutlich war sie deshalb durchgefallen. Weil sie sich so unwohl gefühlt hatte in diesem Teil. Mutter machte keine Vorwürfe. Komisch. Dabei hatte die sich doch alle Mühe gegeben, das Abitur für Nina vorzubereiten, einschließlich des Klamottenkaufes. Mutter hätte die Prüfung machen sollen. Hätte die bestimmt bestanden, einschließlich des Bellum Gallicum, wo sie Nina doch Abend für Abend angeboten hatte, die Vokabeln abzuhören. Aber darauf hatte Nina ja nun überhaupt keinen Bock gehabt. Ich fürchte, Mutter, Du bist nicht sonderlich stolz auf mich.

" 'Du bist Anfang und Ende, großer Gott. Solange es Menschen gibt, kommen sie von dir, und du bist ihr Ziel. Du rufst: Komm wieder, Menschenkind (Psalm 90,2.3).' Und wenn diese Deine Kinder doch einmal verloren gingen, so freutest Du Dich umso mehr über ein wieder-gefundenes Schaf (nach Lukas, Vers 15)."

Die Orgel begann zu ertönen. Bach. Natürlich Bach, was sonst. Die kleine Gemeinde erhob sich zum Gebet. Wieder Bach. Die sechs schwarz gekleideten Männer unterschiedlichen Alters, die sich bisher im Hintergrund aufgehalten hatten, schritten zum Sarg, den der Priester gerade noch einmal mit Weihwasser besprenkelt hatte. Sie nahmen ihre schwarzen Zylinder ab, murmelten etwas und schulterten die Kiste. Gatte, Kinder, Freunde, Bekannte, Nachbarn folgten der von diesen sechs fremden Männern getragenen Margarete auf ihrem letzten Weg hinaus in den Regen.

Diese verlogene Bagage, wie sie sich um das mit grünem Kunstrasen ausgeschlagene Erdloch scharte und vorgab, den letzten Worten des Priesters zu lauschen, der jetzt zwar noch Mar-garetes Namen erwähnte, aber eigentlich doch nur seinen einstudierten Text abspulte, den er bei jeder Beerdigung herunterleierte, bis eben auf den Namen, den Namen seiner Mutter. Von ihrer Beerdigung hatte er nur durch Zufall erfahren. Ein ehemaliger Schulfreund hatte es ihm erzählt, der noch Kontakt zu einer seiner Halbschwestern hatte. Und jetzt standen sie alle herum im Regen, sich unter ihre schwarzen Schirme verkriechend, während zu Hause bereits der Weihnachtsbraten schmorte. Was für eine tolle Frau musste sie wohl gewesen sein, diese Margarete, seine Mutter? Er konnte sich nur daran erinnern, wie sie ihn vor die Tür gesetzt hatte, bald nachdem sie diesen neuen Vater angeschleppt und mit ihm eine neue Familie gegründet hatte. Nicht lange hatte es gedauert, bis sie glaubte, die beiden Töchter vor ihm, ihrem leiblichen Sohn, schützen zu müssen. Na klar, er hatte gefixt, er hatte gedealt, aber er hatte diese neue Familie doch auch lieben wollen. Es war ein einseitiger Liebesversuch gewesen. Den Boden unter den Füßen hatte sie ihm weggezogen, diese Margarete, seine Mutter. Dabei war er damals doch erst fünfzehn gewesen. Jetzt hatten sie ihn nicht einmal von ihrer Beerdigung informiert, standen alleine herum, Julia weit weg von Nina, deren türkische Freunde mit ihr zusammen flennten, das Familienoberhaupt am oberen Ende des Grabes, direkt über Mutters Kopf. Warum musste er dort stehen, hätte er sich nicht mit den Füßen begnügen können?   Gerade ließ jemand das Häuflein Sand durch die Finger rieseln, wie es der Brauch vorschreibt. Sie hatte ihn nicht gesehen, diese seine Familie, als er sich zur Trauergesellschaft heimlich hinzugesellt hatte. Erst auf dem Friedhof. Nina hatte ihn erkannt, natürlich hatte sie ihn erkannt, aber sie hatte nicht gegrüßt. Auch Julia nicht. Und auch nicht dieser Mann. Wie hatte Mutter diese merk-würdigen Leute nur zusammengehalten? Zu ihm, ihrem eigenen Sohn, hatte sie jedenfalls diese Bindung gelöst. Regentropfen bahnten sich ihren Weg über seinen Nasenrücken.

Der Regen hatte den Sand des kleinen Wald-friedhofes aufgeweicht. Eine richtige Pampe, in der die zahlreichen Schuhe nahezu stecken blieben. Schwarze Lackabsätze von vier bis sechs Zentimetern bohrten sich ein in den Lehm. Frisch polierte Herrenpumps bis zum Oberleder mit Erde beschmiert. Ganz abgesehen von eini-gem Wildleder, von dem der Dreck wohl nur schwer wieder zu entfernen sein würde. Aber schöne Beine hatten sie noch, in ihrem Alter, sie, die Freundinnen. Perlonstrümpfe 40Den traten hin und her. Von der Rötung, die sie hindurch-scheinen ließen, konnte man die Außentem-peratur ablesen wie bei einem Thermometer. Hatten zur Feier des Tages auf die üblichen langen Hosen verzichtet, sich fein gemacht, diese Freundinnen. Die Spritzer ließen sich von den

Strümpfen später auch besser wegwaschen. Das war ein Vorteil. Besser als von den schwarzen und anthrazitfarbenen Hosenbeinen, die vor ihr aus den verschmutzten Schuhen hervor wuchsen und in der Überzahl waren. Eine Reinigung war da sicher fällig. Dabei hatten die Reinigungsunternehmen doch über die Weihnachtstage geschlossen. Die Blumen nahmen langsam überhand. Begannen den Blick nach oben fast zu verdecken. Sven! Aber... aber das war doch Sven, dessen gelbe Sonnenblume da soeben hinuntersegelte. Sven, mein Gott, mein lieber Sohn!
Das Totenglöcklein erklang, das wenig später vom ohrenbetäubenden Geläute der Weihnachtsglocken abgelöst werden sollte.

KARIBISCHE NACHT

 Leicht fröstelnd, aber voller Erwartungen standen Gernot und Gisela auf dem Bahnsteig von Firenze. Emilio, der Sohn des Großbauern, bei dem sie nun schon, so lange sie sich erinnern konnten, die Sommerferien verbrachten, sollte sie mit dem Wagen abholen, denn sein Vater Enzo hatte beide zum Weihnachtsfest eingeladen - und das schon Anfang September, gerade als sie die Mutter zu Grabe getragen hatten. Nicht allein sollten sie diese Feiertage verbringen, sondern wieder im Kreise einer Familie, einer neuen Familie, einer richtigen Großfamilie, so wie sie es sich immer erträumt hatten: mit Kindern und vielen Leuten. Ein Fest auf dem Lande sollte es werden, voller echter weihnachtlicher Freude und ohne diese entsetzliche deutsche Melancholie. Vergangenheit waren sie also, diese schwermutbelasteten Weihnachtstage Jahr für Jahr: diese Einzelkind-Weihnacht voller Sehnsucht und Enttäuschung, diese Erwachsenen-Weihnacht mit den alten Leuten voller Langeweile, diese Dreipersonen-Weihnacht mit der Mutter im letzten Jahr inmitten verblichener Erinnerungen zwischen Spargelcremesuppe und Kamillentee.

Mehr als eine Stunde war bereits vergangen, seitdem der Zug von München in Firenze eingefahren war. Unmöglich, dass Emilio sie vergessen hatte! Emilio, ihr Emilio, den sie schon früher beim Baden immer zum Eisessen eingeladen hatten, dessen Kinder sie nun Jahr für Jahr mit deutschem Spielzeug versorgten! Sicher musste etwas Schwerwiegendes dazwischengekommen sein. Zu dumm aber auch, dass sie die Telefonnummer der Sertorinis zu Hause liegengelassen hatten. Es fing an, unangenehm zu nieseln. Das typische italienische Winterschmuddelwetter. In München lag Schnee. Eigentlich konnten sie sich auch ein Taxi nehmen, aber dann käme vielleicht Emilio, und er wüsste nicht, was mit ihnen sei, machte sich Gedanken, ob sie vielleicht noch in München wären, sorgte sich um sie.

Mitten in das Nieselwetter und in diese Überlegungen hinein platzte nun - schon von weitem winkend - Emilio. Es sei wieder nahezu unmöglich gewesen, in dieser entsetzlichen Stadt einen Parkplatz zu finden. Zum Glück hatte er noch ein Eckchen halb auf dem Bürgersteig entdeckt, nicht weit von hier, höchstens fünf Minuten, hinter der Santa Maria Novella. Lachend und wild gestikulierend, packte er zwei - die zwei kleinen - der fünf Koffer, in denen sich überwiegend Geschenke für die ganze Familie befanden, und eilte gewaltigen Schrittes ihnen voran in Richtung der besagten Kirche.

Trotz des Schirmes, den Gernot vorsorglich dabeihatte, waren sie ziemlich durchnässt, als sie zahlreiche Minuten darauf den klapprigen Kleinlaster erreichten und sich eng nebeneinander auf die Sitzbank quetschten. Emilio hatte zuvor die fünf Koffer auf die Ladefläche geworfen, Gisela ihre große Handtasche mit in das Kabinenhäuschen hinein gerettet. Gernot hatte anschieben müssen, damit der Wagen überhaupt ansprang.

Und so gelangten sie auf die große Straße, die am Arno entlang hinaus aus der Stadt führte, um schon - kaum als die vielen Lichter hinter ihnen verschwunden waren - bei einer Tankstelle wieder anzuhalten. Lachend erzählte Emilio, dass der Wagen kein Benzin habe, er selbst - "mi dispiace" - das Geld zu Hause vergessen und Signore Gernot doch - "per favore" - die Summe vorläufig begleichen solle. "Mi dispiace molto!"

Mit vollem Tank ging es weiter, denn Signore Gernot hatte beglichen. Wie gut, dass er genug Bargeld eingesteckt hatte - für alle Fälle. Für diesen Fall, wie sich herausstellte. Kaum dreißig Minuten brauchte man bis zur Abzweigung auf eine schmale Serpentinenstraße, die erst asphaltiert, dann über Gras und Stein zum Bauernhof führte. Und gerade als der klappernde Wagen die dritte Kurve hinter sich gelassen hatte, passierte es. Ein junges Rindvieh, ein dämliches Kalb, kam mir nichts dir nichts aus dem Gebüsch geschossen, genau in den Kühler des Wagens. Es hatte keine sichtbare Verletzung davongetragen, aber es war umgekippt; vermutlich der Schock. So konnte man es doch nicht einfach liegen lassen. Da waren sich alle drei einig, wenn auch aus unterschiedlichen Motiven. Also stiegen sie hinaus in den Nieselregen, betrachteten das Kalb aus der Nähe. Keine Regung, doch es atmete. Emilio und Gernot packten es mit ihren unterschiedlich kräftigen Händen. Emilio zog, Gernot schob. Und so gelangten sie an der Seite des Wagens vorbei zur Ladefläche. Hier war Gisela nun gefragt, die die von Gernot ihr überlassenen Hinterbeine des Viehes umklammerte, während dieser zusammen mit Emilio und vereinten übernatürlichen Kräften, die ihnen nur der Weihnachtsabend verliehen haben konnte, das noch immer bewusstlose Tier in die Höhe stemmte, um es dann gemeinsam mit den beiden anderen auf die Ladefläche zu hieven - im übrigen fluchend, da er mit seinen kurz vor der Abfahrt noch in aller Eile polierten Lederhalbschuhen in eine Pfütze getreten war.

"Ich hatte dir gesagt, dass du die Stiefel anziehen sollst!"

Man war sich einig, bei nächster Gelegenheit zu wenden, noch einmal hinunter auf die Hauptstraße bis in den nächsten Ort zu fahren, wo es einen Tierarzt gab, der drei kleine Zimmer im Hause des Metzgers bewohnte. Voller Mitgefühl kletterte Gisela hinauf auf die Ladefläche, um zwischen den dort bereits gestapelten fünf Koffern auf das bewusstlose Tier bei der Fahrt aufzupassen. Ungeachtet ihres königsblauen Wollcapes, hockte sie sich hin und barg dessen riesigen Kopf in ihrem Schoß: Maria im Stall mit Ochs und Kind - unter der Brust. Falsch! Weder Maria noch Ochs, noch Kind. Und im Stall wäre es auch gemütlicher gewesen. Das Vieh begann zu röcheln, riss die Augen weit auf, so dass sich sein fälschlich als glasig identifizierter Blick mit dem Giselas brach: *Blick mir in die Augen, Kleines!* Es schüttelte sich. Das mit dem Tierarzt hatte sich erübrigt, noch bevor man auf die Hauptstraße kam, denn das Kalb hatte sich erhoben. Gisela konnte es nicht mehr bändigen, es sprang ab, stürzte, rappelte sich wieder und lief davon. Ein Wunder! Gisela brüllte.

Aber erst, als sie wie eine Verrückte gegen das Fahrerhaus trommelte, schien man ihr Mitteilungsbedürfnis zu bemerken und hielt. Beide Männer stiegen aus und rannten nach hinten. Emilio lachte glücklich, als er von dem Ereignis hörte, Gernot schimpfte. Wie konnte sie nur das Kalb einfach springen lassen! Er war dafür, ihm nachzulaufen, es zu suchen, es genau zu untersuchen, noch besser, es auf jeden Fall zum Tierarzt zu bringen. Emilio lachte nur. Und da er den Schlüssel des Wagens hatte, bestimmte er nun auch die Richtung. Somit fuhren sie tatsächlich noch auf die Hauptstraße zurück, aber nur, weil man dort besser wenden konnte. Und dann ging es ein zweites Mal die Serpentinen hinauf.

Nicht allein Gisela, sondern auch Gernot dachte an den Abend, stellte sich vor, mit welcher Spannung Emilios Kinder die vielen Päckchen auswickeln würden, die für sie bestimmt waren. Vielleicht auch erst am Heiligen Dreikönigstag, wenn die Befana gekommen war, wie es traditionellerweise in Italien üblich ist, wahrscheinlich aber doch schon an Weihnachten, damit Gisela und Gernot ihre ausgelassene Freude miterleben durften. Egal, auf jeden Fall würde es lustig werden, wenn alle um den großen Holztisch in der Küche herum säßen und das opulente Mahl einnähmen. Emilios Frau Maria kochte verdammt gut. Dabei würde lautes Schwatzen zu hören sein - im Gegensatz zum letzten Fest. Vielleicht dann ein Tänzchen. Und zwischendurch träfen bewundernde Blicke immer wieder die großen geschnitzten Krippenfiguren, die die Familie seit Generationen besaß und die Maria im Sommer vor zwei Jahren einmal ganz stolz hervorgeholt hatte, um sie Gisela zu zeigen. Aus war es mit der besinnlichen Zeit, jetzt würde die fröhliche Zeit kommen! Wie schön es doch war, dass man sie beide dazu eingeladen hatte, gerade jetzt, wo sie so ganz allein waren.

Der Wagen holperte das letzte Stück über den Weg. Sie waren angekommen. In der Küche des großen alten Steinhauses brannte Licht. Sie wurden erwartet, vielleicht sogar schon mit einer kräftigen Minestrone, sicher mit einem guten Glas Wein, den Enzo und sein Sohn Emilio anbauten. Sie selbst hatten bei der Weinernte vor drei Jahren geholfen. Mein Gott, war das eine beschwerliche Arbeit in der Sonne!

Emilio hielt mit quietschenden Bremsen, drückte mehrmals auf die Hupe, so dass die Kettenhunde anschlugen. Lautes Bellen. Doch sonst nichts. Die Familie musste wohl intensiv mit den Vorbereitungen beschäftigt sein, wollte die Gäste vermutlich überraschen, denn niemand erschien vor der großen Holztür, niemand lief ihnen lachend entgegen wie sonst, wenn sie im Sommer hier ankamen. Emilio stieg aus. Gisela und Gernot kletterten hinterher, sprangen aus dem Führerhäuschen. Gisela mitten hinein in eine Pfütze. Gernot griente. Auch Stiefel bringen da nichts - zumindest, wenn sie aus hellem Wildleder sind. Sie nahmen Emilio drei der Koffer ab und staksten durch den aufgeweichten Boden.

Es war still, als sie hinter Emilio das Haus betraten. Noch immer kam ihnen keiner entgegen. Aber Zeit für den Kirchgang war es eigentlich noch nicht. Auch in der Küche hörte man niemanden. Und während Emilio sogleich das ihnen vertraute Zimmer ansteuerte, ohne irgendwo noch einmal haltzumachen, fragten Gisela und Gernot wie aus einem Munde:

"Wo sind denn nun eigentlich alle? Enzo, Maria, Paolo, Guiseppe und die ganze restliche Familie?"

"Natürlich bei der Großtante unten in Umbria. Schließlich ist doch Weihnachten. Da ist man bei der Familie."

Und er, Emilio, sei auch nur noch dageblieben, um sie beide vom Bahnhof abzuholen und ins Haus zu bringen. Dann müsse er sofort losfahren, um wenigstens halbwegs pünktlich zum gemeinsamen Weihnachtsmahl bei der Tante zu erscheinen. Aber Brot, Schinken, Wein und eine echte Dresdner Stolle seien für die beiden Gäste in der Küche. Maria habe sich extra das Rezept besorgt, um die beiden zu überraschen, damit sie ähnlich wie zu Hause ihr Weihnachtsfest verbringen könnten. Ansonsten wüssten sie ja Bescheid und würden sich im Hause schließlich auskennen. Nach den Feiertagen sei die gesamte Familie wieder da. Dann könnten alle gemeinsam aufs Neue Jahr anstoßen.

Damit drängte er sie, es sich doch auf ihrem Zimmer gemütlich zu machen, und verschwand, um sich schnell seinen guten Anzug anzuziehen. Darüber noch eine dicke Jacke. Und schon musste er los. Denn Weihnachten war ja schließlich überall, auch in Italien, ein Familienfest.

Gernot und Gisela blickten dem altersschwachen Kleinlaster hinterher, bis die beiden Rückleuchten im Dunkel verschwanden, das Geklapper nicht mehr zu hören war. Tränen begannen ihren Blick zu trüben.

"Nächstes Jahr fahren wir nach Thailand - oder in die Karibik!", beschloss Gisela schluchzend, aber Gernot wandte kaum hörbar ein:

"Dort gibt`s doch nicht mal Stolle."

Und dann fielen sie einander in die Arme, während sich draußen einige Schneeflocken unter den Regen mischten.

HUND UNTERM TISCH

Die Tischdekoration war wirklich gelungen. Das konnte man nicht anders sagen. So stimmmungsvoll mit den alten Leuchtern. Gut, dass sie die fliederfarbenen Servietten aufgelegt hatte. Die roten hätten weitaus weniger zu den in der Geschenkeboutique gerade noch rechtzeitig erstandenen Weihnachtssternen gepasst, auch nicht so richtig zum Geschirr. Wie jedes Jahr saßen sie alle um den großen Tisch versammelt, schon ein bisschen angeheitert vom Aperitif. Ihr gegenüber zwei Augen, die sie zu fixieren schienen. Ein unangenehmes Gefühl. Eine merkwürdige den Kerzenschein erstarrende Kälte, die auch das angeregte Geplauder nahezu unmerklich verschlang. Sie wollte ein Gespräch mit Onkel Hermann beginnen, der ihr Tischnachbar war. Aber der hatte die Hörgeräte ausgeschaltet. So war sie den Augen ausgeliefert.

Was sollte das? Dieser anzügliche Blick. Diese Augen hatten kein Recht dazu, sie auf eine derartige Weise bloßzustellen. Sie hatte sich nichts vorzuwerfen. Nie hatte sie sich vergessen. Alle, man konnte sie alle hier fragen am Tisch, alle liebten sie: ihr spritziges Wesen, ihren patenten Umgang mit den Dingen, ihren anregend kritischen Verstand, ja, einige hätten ihr auch ihren kaum zu widerstehenden Charme attestiert. Und jetzt diese unwirklichen Augen, die sich an jeden Zentimeter ihres Körpers hefteten, der nicht unter dem Schutz der soliden Eichentischplatte verschwand. Mit dem Löffel in der Suppe stocherte sie herum. Pierre lächelte herüber. Pierre. Natürlich war auch er einer von denen, die ihrem Charme erlagen. Er zwinkerte ihr zu. Dieser Macho. Neben ihm Dodo, so selbstverständlich wie immer, wenn die beiden an den Familienfesten teilnahmen. Dodo hatte Pierre bei einem Studienaufenthalt in Paris kennengelernt. Er hatte sich nicht sonderlich für eine Ehe begeistert gezeigt, damals. Weitaus mehr hatte er sich für seine Schwägerin begeistert, die er in diesem Augenblick so provokativ angrinste. Dieser Schuft. Dieser feige Schuft. Aber gut war er schon. Sie kratzte mit dem Löffel am Tellerrand entlang. Auch Dodo sah jetzt zu ihr herüber.

Dummchen! War die so naiv oder wollte sie schon wieder mal nichts merken? Sie lächelte ihrer Schwester zu. Dodo lächelte zurück. Das Licht der Kerzen spiegelte sich im Ehering. Wie hatte sie ihrer Schwester abgeraten! Besonders nachdem es alle wussten, natürlich auch Dodochen. Mit Alberta, der eigenen Cousine, die hier so unschuldig neben Großvater am Tisch saß, im eigenen Bett, kurz vor der eigenen Hochzeit! Dodo hatte damals wenig Aufhebens davon gemacht, die Enttäuschung in sich hineingefressen,

Pierre Zerknirschung geheuchelt, während schon bald die Nächste im Bett des Womenizers vorsprach, denn Pierre vögelte so ziemlich alles, was nicht bei drei auf den Bäumen saß. Sie konnte weder ihre Schwester noch Pierre verstehen. Die beiden passten auch gar nicht zusammen: Dodo, dieses hässliche Entlein, adipös und ungeschminkt. Da war es schon immer leichtes Spiel gewesen, so wie bei all den anderen, die das Entlein früher angeschleppt und sie dann abgeschleppt hatte. Mehrfach hatte sie versucht, die Gehörnte über deren grenzenlose Naivität Pierre gegenüber aufzuklären, aber die verteidigte ihren Ehemann wie eine Furie. Der Blickkontakt mit Dodo wurde gestört. Diese Augen drängten sich zwischen sie beide, so als ob sie die selbstverständliche Zusammengehörigkeit der Schwestern auseinandersprengen wollten.

Es wurde gegen ein Glas geklopft. Großvater erhob sich. Die Tischrede, unterbrochen nur von Frau Wagner, die die Suppenteller abräumte. Seit Jahren immer dieselbe Litanei. Es gab keinen, der sie inzwischen nicht auswendig kannte:

"Meine Lieben, erinnert Ihr Euch, wie ausgelassen es immer bei uns zuging, als Oma, dann Eure Mütter..."

"Darf ich bitte den Teller?"

"... das Fest vorbereitet hatten? Aber nun sind sie ja alle schon so früh, viel zu früh..."

"Hat es Ihnen nicht geschmeckt?"

Großvater räusperte sich:

"... viel zu früh gegangen. Nur noch meine lieben Söhne und ihre Töchter..."

Konnten sich diese erbarmungslosen Augen nicht endlich auch einmal Großvater zuwenden, ihn zum Verstummen bringen, oder wenigstens dazu, sich etwas kürzer zu fassen? Er war beim Weihnachtsfest vor mehr als zwei Jahrzehnten angekommen, an dem Dodo den Punsch ins Klo gekotzt hatte, damals gerade frisch verliebt in einen libanesischen Mitschüler der Oberprima. Der war übrigens weniger gut gewesen.

"Den Abend rettete zum Glück Eure Groß-mutter..."

Das war noch der kurzweilige Teil. Aber er diente Großvater lediglich dazu, sich wieder in rhetorischer Breite Großmutter zuzuwenden. Eine Rede, die eigentlich viel eher in das Rah-menprogramm einer Leichenfeier gepasst hätte und tatsächlich in einigen Passagen der von Pfarrer Markus vor fünf Jahren unüberhörbar ähnelte. Eine endlose Rede. Großvater wusste nicht, dass es an diesem Tisch seine letzte sein sollte. Zum Wohle der Familie hatte sie ein-gehend darüber nachgedacht, ihn ins Heim bringen zu lassen. Es wurde langsam Zeit. So richtig im Kopf war er ja schon lange nicht mehr. Immer diese Gespräche über früher. Im Heim hätte er neue Zuhörer. Und so ein Weihnachten unter Gleichaltrigen wäre schließlich auch für

Großvater nur das Beste. Vater hatte sie davon schon überzeugen können, und Dodo sollte es dem Alten nach dem Weihnachtsfest schonend beibringen. Vielleicht auch erst nach Neujahr.

Die Augen fixierten sie noch immer, als ein schriller Lacher von Cousine Alberta Großvaters Rede kurz unterbrach. Onkel Hermann blickte seine Tochter strafend an. Aber Alberta kicherte weiterhin postpubertierend in sich hinein und konnte sich kaum beruhigen, bis Pierre ihr seine schmale Hand auf die Schulter legte. Ihrer beider Blicke trafen sich. Alberta wurde rot. Hatte sie noch immer nicht kapiert, dass es bei Pierre über diesen One-Night-Stand nicht hinausgehen würde, dieses törichte Geschöpf?

Onkel Hermann schaltete die Hörgeräte ein, wollte nun doch wenigstens das Ende von Großvaters Rede mitbekommen. Seine knöcherne Hand ruhte auf dem breiten Kopf des Bernhardiners, der unter dem Tisch die Füße seines Herrn bewachte. Onkel Hermann hatte Hunde schon immer mehr geliebt als Töchter. Das war verdammt ungerecht, zumal Alberta in ihrer Anhänglichkeit den Hunden zumindest ebenbürtig war. Doch den Onkel interessierten grundsätzlich nur zwei Dinge: ostasiatische Gefäßkeramiken und seine preisgekrönten Hunde. Diese Biester merkten das natürlich. Eifersüchtig ließen sie Alberta weder in die Nähe ihres Vaters noch an sich selbst heran, sondern knurrten und

schnappten, sobald der Sicherheitsabstand über-
schritten wurde. Der Gedanke daran, wie sie
solch einem sich überschätzenden Rüden einmal
eine Lehre erteilt hatte, befriedigte sie, die ältere
der Cousinen, auch jetzt noch zutiefst. Im Namen
aller dummen kleinen Mädchen, die nicht mal bis
drei zählen konnten, hatte sie - Alberta war noch
keine elf Jahre alt gewesen, Beate gerade drei-
zehn - so einem Vieh mit Onkel Hermanns
Sturmfeuerzeug die langen Schwanzhaare an-
gezündet. Panik war damals über das Tier her-
eingebrochen, wie es mit seiner Fackel durchs
Haus jagte und in der Dielenhalle die große
chinesische Ming-Vase vom Treppenabsatz her-
unterfegte. Onkel Hermann hatte Alberta fast
bewusstlos geschlagen, aber Alberta hatte dicht
gehalten, sie nicht verraten. Vielleicht sollte ja
Pierre, dieser Schuft, doch noch einmal, so aus
Mitleid an Weihnachten? Was hatte sie denn
sonst noch, die Arme? Fest kniff sie dem Biest
unter dem Tisch ins Ohr. Der Hund jaulte auf.
Onkel Hermann schimpfte. Die Augen von gegenüber blickten sie eiskalt an. Sollte sie sich jetzt
vielleicht davon beeindrucken lassen? Warum?
Schließlich hatte sie soeben für Alberta gekniffen,
so wie sie damals für Alberta die Schwanzhaare
entflammt hatte.

Und dann fühlte sie, wie sich etwas zwischen
ihre Füße schob. War es schon wieder dieser
ekelhafte Hund? Sie wollte zutreten. Das Tier

kam auf der anderen Seite des Tisches hervor
und wurde jetzt von Großvater, der seine Rede
beendet hatte, gestreichelt, bevor er zum Wohl
der Familie das Sektglas erhob. Auch die anderen
erhoben ihre Gläser. Der Fuß Pierres arbeitete
sich zwischen ihren Beinen weiter nach oben. Sie
hielt den Atem an. Eins - Pierre! - zwei - Oh Gott!
Sollte sie nachher? Arme Alberta! Naives Dodo-
lein! Die Augen rieten ab.
Die Gläser fanden ihren Platz zurück auf den
Tisch. Vater tranchierte den Puter, der diesmal
vom Partyservice in lebensecht drapierter Posi-
tion geliefert worden war. Ein wahres Kunstwerk.
Aufrecht sitzend, den Hals gestreckt, den Kopf
erhoben. Mit dem Hals, den Vater jetzt durch-
trennte, sank der Kopf zur Seite und der
unbarmherzige Blick dieser Augen konnte sie
nicht länger mehr zweifeln lassen an ihrer
bewunderungswürdigen Selbstsicherheit.

IN VINO VERITAS

"Enter und - toll!"

Höchst zufrieden betrachtete er noch einmal das gerade fertig gestellte Online-Fotobuch auf dem Monitor, als das Telefon klingelte. Marga. Das war Gedankenübertragung.

"Mensch, Marga! Eben habe ich..."

Er stockte. Genau das konnte er jetzt natürlich nicht sagen, wo das Buch doch ein Weihnachtsgeschenk für Marga werden sollte. Aus allen seinen Ordnern hatte er die Bilder herausgesucht, auf denen Marga zu sehen war, die gemeinsame Vergangenheit gescannt, ein umwerfendes Lay-Out erstellt und lustige Bildbeschriftungen in Times New Roman hinzugefügt. Wie würde sie sich freuen.

"Gerade, Marga, habe ich - an Dich gedacht."

"Das trifft sich ja.", antwortete die Freundin. "Ich wollte Dich nämlich noch rechtzeitig vor Weihnachten anrufen."

"Natürlich, wir müssen ja noch die Uhrzeit besprechen. Wie jedes Jahr, oder?", sprudelte Harald voller Vorfreude.

All die letzten Heiligen Abende hatte er für seine alte Freundin eine Barberie-Ente in den Ofen geschoben, Rotkraut mit Zimt und Ananas abgeschmeckt, die kleine Weihnachtspyramide mit Kerzen bestückt und seine gehütete Lincoln

Mayorga-Platte, die mit dem Weihnachtsjazz, aufgelegt. Das war Tradition - seit Jahren. Das war schön. Besonders, da er keine Familie mehr hatte. Marga hatte auch keine, hatte nie eine gehabt. Jetzt hatte sie zwar einen Partner übers Internet kennengelernt, aber das war ja kein Hinderungsgrund. So eine Ente reichte schließlich auch für drei.

"Willst Du Deinen Freund mitbringen?"

"Nein.", antwortete Marga. "Wir dachten, wir gehen mit Dir zusammen essen. Es gibt da einen neuen Italiener in Deiner Nähe."

Harald schluckte.

"Ach... Ich koche doch jedes Jahr. Es ist immer so gemütlich gewesen. Fast wie früher."

"Sei nicht so sentimental, Harald. Du hast viel weniger Arbeit und der Italiener soll wirklich gut sein."

Wie schade! Diesmal also kein heimeliger Kerzenschein, kein knisterndes Papier, kein Weihnachts-Jazz, aber er wollte kein Spielverderber sein. Er liebte diesen gewohnten Ablauf, besonders seitdem er allein war, doch niemand sollte ihm nachsagen, er sei sentimental. Über das Fotobuch würde sich Marga schließlich auch in diesem Restaurant freuen. Hauptsache war doch, dass man zusammen war und aneinander mit einer kleinen Aufmerksamkeit gedacht hatte.

"Und ja, was ich Dir noch sagen wollte: Wir verzichten diesmal auf Weihnachtsgeschenke.", unterbrach Marga seine Gedanken.

"Warum das denn?"

"Der ganze Rummel, all dieses stressige Getümmel in den Kaufhäusern, dieser bescheuerte Konsum! Das geht uns doch jedes Jahr erneut auf die Nerven. Was soll man sich denn auch noch schenken? Wir haben doch alles. Oder fällt Dir irgendetwas ein, was Du geschenkt kriegen möchtest? Also mir nicht."

Marga schien plötzlich ihre 68er Studentenzeit wiederentdeckt zu haben, auch wenn Jahrzehnte dazwischen lagen, in denen sie sich mit Sicherheit durchaus wohl gefühlt zu haben schien unterm bürgerlichen Weihnachtsbaum in seiner Familie, später im Pyramidenlicht mit ihm allein. Ganz progressiv, wie sie sich jetzt ins Zeug legte, ohne zu bemerken, wie das nun auch schon wieder hoffnungslos reaktionär war. Hatte das etwas mit ihrem neuen Verhältnis zu tun?

"Aber du musst doch gar nichts kaufen. Du kannst ja auch etwas selbst machen."

"Nun hör bloß auf mit diesem Kindergartenquatsch.", wehrte Marga ab. "Das ist doch totaler Murks."

"Und Du musst mir auch nichts schenken, selbst wenn ich etwas für dich habe.", versuchte es Harald erneut.

Erfolglos, wie er es sich natürlich selbst denken konnte. Wie sollte sich seine Freundin wohlfühlen ob dieses Ungleichgewichts? Dennoch nahm er Anlauf zu einem letzten Versuch. Er erinnerte Marga noch einmal daran, wie sehr er sich über eine für ihn zum Geburtstag selbst gebackene Torte von ihr gefreut hatte.

"Was glaubst Du, wie viel Zeit mich das gekostet hatte? Und die habe ich jetzt einfach nicht mehr."

Damit war das Thema kategorisch abgehakt. Und als endgültigen Schlusspunkt fasste Marga noch einmal zusammen:

"Also abgemacht, wir schenken uns nichts. Und du hältst dich daran, ja?"

Harald verstummte. Das Thema war durch. Sie redeten noch eine Weile über das Wetter, das ungewöhnlich schneereiche Dezembertage versprach, und darüber, wie furchtbar stressig das Leben geworden sei. Dann legte Marga unbeschwert auf, denn es hatte an der Wohnungstür geklingelt.

Harald war traurig. Gerade noch hatte er sich über sein Werk, das er Marga schenken wollte, gefreut. Jetzt schaltete er den Computer erneut an und löschte das gesamte Projekt. Stattdessen druckte er einige Familienfotos aus: seine Frau Josi am Strand, seine Kinder Max und Johannes am ersten Schultag. Vor sechs Jahren waren sie allesamt bei einem Autounfall umgekommen. Er machte sich noch immer Vorwürfe, dass er damals nicht mitgefahren war auf diesen geplanten Familienausflug. Vielleicht hätte der Crash mit einem Laster verhindert werden können, wenn er am Steuer gesessen hätte. Vielleicht. Aber diese bescheuerten Akten, die er noch für die Firma hatte erledigen müssen! Verdammt sollten sie sein. Diese nervenden Smartphones: kein Segen, vor allem, wenn sie dazu dienten, vom Chef an die Leine gelegt zu werden. Vielleicht wäre es gar nicht zu einem Unfall gekommen. Und es hätte einen lustigen Abend gegeben mit Tannenbaum, Pyramide, Weihnachtsgans und Geschenken, bei denen sich alle darüber freuten, dass man sich bemüht hatte zu ergründen, womit man seine Lieben ein wenig glücklich machen könnte. So dumm war das mit Weihrauch und Myrrhe schließlich gar nicht, was sich die Kirchenschreiber da ausgedacht hatten. Die Kinder hatten jedenfalls jedes Mal Spaß an der Bescherung gehabt. Und auch Marga hatte Spaß gehabt, denn sie war Jahr für Jahr an Weihnachten dabei gewesen. Und später, nach dem schrecklichen Unfall war es schön gewesen, wenn sie sich vertraut bei ihrer Ente der gemeinsamen Vergangenheit erinnerten, mal wehmütig, mal unter schallendem Gelächter. Marga gehörte schon immer zur Familie. Sie war nicht nur die Patin von einem der Jungen gewesen, sondern auch die

Trauzeugin von Harald und seiner Frau. Da gab es viel zu erzählen. Wie war das komisch, als damals Max und Johannes beim Tapezieren helfen wollten und dem Jüngeren der Kleistereimer auf den Kopf fiel, weil sein Bruder unbedingt die Leiter verrücken musste, auf der dieser Eimer stand. Wie ein begossener Pudel stand der Kleine heulend vor Johannes, der sich vor Lachen krümmte. Vorbei mit dem Austausch gemeinsamer Erinnerungen im Weihnachtszimmer. Schade.

Der 24. Dezember war schon fast vorüber. Fünf Minuten vor elf. Harald zog die Wohnungstür hinter sich wieder ins Schloss. Mit einer Pizza und einem recht unbefriedigten Grummeln im Bauch. Es war noch nicht allzu spät, nicht einmal Mitternacht. Zu früh, um ins Bett zu gehen. Fernsehen war jetzt auch blöd. Das passte irgendwie nicht zu Weihnachten und hätte ihm seine Einsamkeit wohl kaum vertrieben. Er steuerte die Speisekammer an und holte eine Flasche 13er Merlot hervor, die ohnehin für diesen Abend gedacht gewesen war. Warum sollte er sie dann nicht auch an diesem Abend öffnen? Dem Buffet entnahm er zwei geschliffene Weingläser und zwei weitere für Limonade, die er auf dem niedrigen Beistelltisch neben seinem bequemen Sessel abstellte und zwei davon mit dem funkelnden Inhalt der Flasche füllte. Dann ging er zum Schreibtisch, auf dem der Computer stand, und ergriff die Fotos, die von Josi und den beiden Jungen. Wehmütig betrachtete er sie einige Sekunden lang, bevor er sie an die Gläser lehnte, so dass er bequem von seinem Sessel aus zu ihnen Blickkontakt aufnehmen konnte.

Die Geisterstunde war längst vorüber. Die Kerzen der Pyramide flackerten. Harald trank den letzten Schluck aus seinem Weinglas. Die Gesichter auf den Fotos verschwammen. Harald machte sich auf, in den Keller zu gehen. Seine Schritte die Treppe hinunter waren schon ein wenig ungelenk vom Alkohol, aber er hielt sich aufrecht und gelangte geraden Weges zu dem Zaunverschlag, der für seine Wohnung reserviert war. Er öffnete das Vorhängeschloss und schritt auf den alten Kleiderschrank zu, der im Keller gelandet war, als sich Josi und er eine neue Schlafzimmereinrichtung zugelegt hatten, damals. Harald öffnete die leicht verzogenen Türen, die ein wenig klemmten. Vor ihm standen sie, die drei hohen Pakete, die ihm nahezu bis zur Schulter reichten, eines ein wenig darüber. Schwer waren sie, als er sie hinaus wuchtete aus dem Schrank. Er begann die Paketschnur zu lösen. Erst bei dem etwas schmaleren, dann bei den beiden anderen. Das Packpapier fiel von ihnen ab auf den gekachelten Boden hinunter, und vor ihm standen sie: drei starre Gestalten, konserviert für die Ewigkeit: Josi, Max und Johannes. Noch immer sahen sie lebendig aus.

Nicht einmal mehr war zu erkennen, wie sehr der tödliche Autounfall sie entstellt hatte. Als Harald sich anschickte, den Körper seiner Frau Josi anzuheben, um sie und die der beiden Jungen nach oben in die Wohnung zu tragen, vernahm er nur ein leises:

"Lass mal, Harald! Wir schaffen das auch allein."

Es war Josis Stimme. Er rieb sich die Augen. So betrunken konnte er doch gar nicht sein. Aber was er sah, verblüffte ihn zunehmend. Nicht nur Josi begann sich zu bewegen, sondern auch die beiden Jungen. Seine Frau küsste ihn zärtlich auf die Wange und seine beiden Söhne rannten bereits lärmend aus dem Keller hinaus, die Treppe hinauf in Richtung Wohnung, wo sie auf ihn und Josi warteten. Harald staunte. Aber Stufe um Stufe empfand er diesen Zustand als immer normaler. Hand in Hand oben angelangt waren sie wieder komplett: Vater, Mutter und die Jungen, wie immer. Das Natürlichste von der Welt.

Harald hatte eine neue Flasche Merlot ge-öffnet, während Josi gemütlich ihm gegenüber im Sessel saß. Die beiden Jungen vergnügten sich derweil im Kerzenschein der Pyramide bei einem Computer-Adventure. Unvermittelt fragte Josi:

"Kommt Marga denn nicht?"

Und Harald antwortete nur:

"Nein."

"Wie schade!"

Harald tat der Kopf weh, als er sich die Augen rieb. Wo war Josi, wo waren Max und Johannes? Sie waren verschwunden. Er blickte auf das kleine Tischchen neben seinem Sessel. Die Gläser standen noch immer dort. Und die an sie angelehnten Fotos blickten ihn lächelnd an. Neben der fast vollständig geleerten Weinflasche lag ein weiß eingeschlagenes Päckchen. Harald las den Anhänger, der daran gebunden war, ehe er die silberne Schleife löste, um das Geschenk auszupacken:

Fröhliche Weihnachten. In Liebe.
Deine Familie!

Eines Abends, es war nicht der 19. Dezember und es hatte nicht geschneit, die Gans lag noch nicht in der Gefriertruhe und die Tannen standen wehrhaft im Wald, da passierte es plötzlich...

Denk Dir mal selber was aus! Ich hab jetzt keine Lust dazu.

ES IST NIE ZU SPÄT

Zu spät. Genau 13 Stunden und 27 Minuten zu spät. Friedlich lag er auf seinem Bett mit der blau-lila gestreiften Wolldecke über den Füßen. Ruhig und entspannt. Ein jugendliches Gesicht ohne nur die Spur einer Falte. Die Augen waren geschlossen. So lag er vor mir, mein 98-jähriger Onkel. Kerzen erleuchteten das Zimmerchen an diesem vierten Advent im Hospiz. Ihr Duft nach Bienenwachs schwängerte den Raum. Ich war zu spät.

Wer hatte das gedacht, dass wir uns nie mehr sehen würden, als wir das letzte Mal so herzlich lachend miteinander telefonierten. Ich hatte kurzfristig einen Flug gebucht, als ich von seiner Krankheit hörte, die Dramatik allerdings völlig falsch eingeschätzt. Beide hatten wir uns aufeinander gefreut, so wie wir uns immer gefreut hatten, wenn wir uns ab und zu einmal besuchten und weitaus häufiger miteinander telefonierten. Onkel Franz war eigentlich ein nur sehr weit entfernter Verwandter und er war um Lichtjahre älter, aber er war zu einem engen Freund geworden, der weder durch die Entfernung noch durch sein Alter jemals weit entfernt gewesen war.

Nun lag er vor mir in diesem kleinen Zimmer, in dem die Kerzen brannten. Ich hatte den Eindruck, als ob er noch immer atme, kurz nur eingedöst sei, im nächsten Augenblick die Augen öffnete. Dieser liebe, alte, groß gewachsene Philanthrop, der stets mit seinen Ideen die Welt verbessern wollte und weitaus modernere Ansichten teilte als viele jüngere Leute. Wie oft hatten wir über Gott und Teufel diskutiert und mit Humor und einem Gutteil Pragmatismus unsere Utopien ersponnen. Ich konnte meine Tränen nicht unterdrücken, auch wenn ich seine Anwesenheit noch immer fühlte, wie sie den Raum mit einer magischen Energie erfüllte. Natürlich weilte er auch jetzt unter uns, betrachtete das Ganze aus der Entfernung, kommentierte es vermutlich mit einem seiner humorvollen Einfälle und ermahnte mich grienend, endlich doch einmal seine eiskalte Hand loszulassen. Es sei zwecklos. Ich bekäme sie entgegen all meiner Bemühungen ohnehin nicht wieder warm.

Während sich aberhunderte kleiner Wölkchen am roten Abendhimmel aufreihten, um einen Choral anzustimmen, standen Franz' Söhne neben mir um sein Bett herum wie früher diese hochrangigen Krippenfiguren unter ihren Turbanen um das geschätzte Kind im Stall. Sie hielten Erinnerungsstücke in ihren Händen, die sie ihrem Vater auf dessen Reise mitgeben wollten: eine silberne Sondermünze von der Wiedervereinigung Deutschlands aus des Onkels

Sammlung für den Fährmann, eine Uschebti-Figur, die Onkel Franz einmal von einer seinen vielen Ägyptenreisen mitgebracht hatte und die ihm nun drüben ihre Dienste leisten konnte, ein Familienfoto, das ihn an die Verbundenheit seiner Lieben erinnern sollte - in guten wie in schlechten Zeiten. Castro, der Labrador meines Onkels, wachte unterdessen statt Ochs und Esel neben seinem Bett. Wie eng liegen doch Geburt und Tod beieinander; wie schnell vergehen 98 mal 365 Tage, 858480 Stunden voller Freude, Angst, Sorge, Liebe, Hass, Wehmut? Schnell wie mal eben ein Telefonanruf unter dieser Nummer. Unsere Tränen einten uns Männer ganz plötzlich und wir fühlten uns wieder so vertraut wie an Kindertagen, als wir mit unseren Fahrrädern durch die Wälder jagten. An einem der Familienfeste waren wir später in einem fürchterlichen Streit auseinander gegangen und hatten all die Jahre - es mussten inzwischen fast 30 sein - ein Treffen vermieden. Jeder war wohl überzeugt gewesen von seinem Recht, später war es uns peinlich, dann gleichgültig. Doch nun standen wir um das Bett, verbunden durch diesen umtriebigen, noch immer sportlich wirkenden Mann, dessen Tod uns allen nahezu unfassbar war. Ebenso unfassbar wie die Vorstellung, dass wir in dieser Verbundenheit, in dieser Harmonie noch irgendeinen Groll in uns gegeneinander hegen konnten, ihn jemals hegten. Unzählige

Male hatte mir mein Onkel von seinen Söhnen erzählt, davon gesprochen, wie gern er es gesehen hätte, dass wir alle wieder vereint wären, ohne Zorn und Missgunst gemeinsam am Festtagstisch säßen. Warum nur hatte ich nicht nachgegeben?

Und jetzt durchströmte eine Wärme den Raum, so als ob Onkel Franz mit letzter Kraft all seine Herzenswärme auf uns übertragen hätte. Ein Licht, an dem er uns teilnehmen ließ in diesem Augenblick, eine Ruhe und Harmonie, die unsere Tränen trockneten. Onkel Franz war ein humorvoller, resoluter Mann, der sich seine Art auch nicht vom Gevatter Tod streitig machen ließ. Er hatte sich in den Kopf gesetzt, dass alle seine Familienmitglieder, auch wenn sie sich voneinander noch so entfernt hatten, wieder zusammengeschweißt werden sollten; und wenn das nun einmal zu seinen Lebzeiten nicht ging, dann eben danach. Da sollten ihn keine solchen Äußerlichkeiten je hindern. Und plötzlich erfüllte mich ein unglaublicher Frieden. Der große breitschultrige Mann hatte seinen Willen wieder einmal erfolgreich durchgesetzt. Es sollte ein Weihnachten voller liebevoller Besinnlichkeit werden, ein Weihnachten unter uns Männern, und Onkel Franz war in unserer Mitte.

DREI ENGEL FÜR HASE

 Ganz schön langweilig! Sie wusste auch überhaupt nicht, weshalb ausgerechnet sie ausgesucht worden war: Schutzengelin Klasse B. An irgendwelche Verdienste, die dazu beigetragen hätten, konnte sie sich beim besten Willen nicht erinnern. Aber das war ja auch alles schon viel zu lange her.

Eine Ewigkeit saß sie nun bereits hier oben herum, blickte zusammen mit ihren Kolleginnen geradewegs an ihren Füßen vorbei hinunter auf die Straßen und Plätze der Stadt und konnte nur Menschen erblicken, die keine Hilfe benötigten, die ihre schon gar nicht. Da gab es kein kleines Mädchen, das seinem Ball auf die Fahrbahn hinterher rannte. Das Mädchen spielte bereits seit seinem zweiten Lebensjahr im Kinderzimmer Rat Racing am Computer. Es gab keine schwangere Frau, die auf dem Eis ausglitt. Die Straßen wurden seit den letzten unglaublich schneereichen Wintern, in denen der Verkehr katastrophal zusammengebrochen war, durch eine Fußbodenheizung eisfrei gehalten. Und es gab auch keinen dementen Opa, der sich verlaufen hatte und nun die Wohnung, in der er mit seinen Kindern lebte, nicht mehr wiederfand. Der Alte verbrachte seine Tage schon lange im Seniorenheim auf Teneriffa. Und sollte tatsächlich einmal ein Bedürfnis nach Hilfe bestehen, so gab es schließlich die zahllosen Versicherungen, die in ihren Hochglanzbroschüren mit einem Schutz warben, von dem ein gewöhnlicher Schutzengel der Klasse B nur träumen konnte, egal ob es sich um Rollatordiebstahl oder Sargwandalismus handelte. Dieses Schutzengel-Dasein hatte sich längst überlebt.

Da! Mitten aus ihrer Langeweile wurde sie abrupt herausgerissen. Das konnte nicht wahr sein! Ein Mensch, ein richtiger Mensch, der offensichtlich in Not war! Ein Mensch, den man beschützen konnte! Toll!

Hase standen drei mehr oder weniger muskulöse, aber unzweifelhaft höchst aggressive Typen gegenüber.

"Was guckstu? Bin isch Kino, oder was?"

Verdammt! Nur das nicht! Keine Chance wegzulaufen.

"Haste Problem, oder was?"

Er musste diese Kerle in ein Gespräch verwickeln.

"Leute -"

Ein Messer blitzte auf. Auch das noch!

"Eh, Jungs -"

Konfliktentschärfung. Hatte er schließlich in den Seminaren gelernt. Doch hier ließ sich nichts entschärfen. In was hatte er sich da nur wieder hineinmanövriert? Das hatte er nun davon. Musste er diesem Mussif diesmal gleich mit

Strafandrohungen kommen? Aber die Gespräche hatten ja nichts genutzt. Es war schließlich sein Job seit einigen Wochen, hier allerdings jedoch weder professionell noch taktisch klug gewesen. Hase war Drogenbeauftragter an einer Sonderschule. Und Mussif war ein aufsässiger, rotzfrecher, wenn auch recht charmanter Lockenkopf, dem eigentlich kaum beizukommen war, zumal er sich ständig mit seinem Vater brüstete, Boss einer der bereits aktenkundigen Straßengangs des Problembezirks. Aber Hase war Idealist. In seinem tiefsten Inneren glaubte er noch immer an Mussif, auch wenn der mal unbedingt etwas härter angepackt werden musste, und er glaubte diesem cleveren Pubertierenden sogar, dass diese Typen, deren Messer ihm gerade gefährlich nahe kam, den Jungen selbst auf brutalste Art immer wieder dazu gezwungen hatten, das Zeug auf dem Schulhof zu verticken. Diese Typen mussten gestoppt werden. Doch konnte er sie überhaupt dingfest machen so ohne Beweise? Nur mit vagen Angaben Mussifs, der sich nicht einmal dazu bewegen ließ, diese bei der Polizei zu wiederholen? War das Päckchen, das er ihm abgenommen hatte, etwa ein Beweis? Natürlich mussten die sich provoziert fühlen, als er sich eingemischt hatte. Natürlich hätte er wissen müssen, dass die Polizei keine Zeit hatte, Gerüchte über kleine kiffende Dealer zu verfolgen. Natürlich hätte er voraussehen müssen, dass diese Typen ihm auflauerten.

Gerade heute, so kurz vor dem Fest, hatte er sich noch in zahllose Akten vertiefen müssen. Der letzte war er, der das Gebäude verlassen hatte. Und nun gab es in der Dunkelheit keine Seele mehr, die er auf dem Schulhof, den er gerade überquerte, zu Hilfe rufen konnte.

"Stopp, Leute, ich denke, wir sollten echt reden."

"Fresse!"

"Jungs -"

Schon rempelte einer der Typen Hase mit voller Wucht an, so dass der Mühe hatte, sich aufrecht zu halten.

„Hört doch mal zu!"

Der zweite holte zum Schlag aus:

"Ischwör!" - , den Hase noch parieren konnte, aber beim darauf folgenden versagte seine Abwehrhand. Er rutschte aus und fiel rücklings auf den Boden. Bevor er sich berappeln konnte, rammten sich Springerstiefel hammerartig in seine Rippen. Einmal, zweimal, dreimal, immer weiter. Hase bekam keine Luft mehr. Der erste der Typen ließ sich mit erhobener Hand auf Hases Brustkorb fallen.

"Isch mach disch Messa!"

Das war das Einsatzsignal für Schutzengelin Nummer 2 der B-Klasse. Endlich! Sie stürzte sich auf den auf Hase Knienenden, umklammerte mit dem einen Arm dessen Hals und drückte zu, bis dieser kaum mehr Luft bekam. Mit der anderen Hand presste sie dessen Handfläche so nach außen, dass der laut aufjaulte. Das Messer fiel zu Boden. Dann ein schneller Griff ans Handgelenk, mit dem der Überwältigte blitzartig zu Boden geschleudert wurde. Den beiden Kumpels blieb der Mund offen stehen. Voll krass! Das hatten sie ja noch nie gesehen, in echt jedenfalls. Sone Tuss! Sone scheiße Tuss hatte gewagt sich einzumischen! Sogar den Alden hatte diese Fotze platt gemacht, so dass dieser nur noch nach Luft japste. War das eines der Wunder, von dem diese Pediger gerade in ihrer Kirche laberten? Es ließ sie fast an den Propheten glauben, der morgen geboren worden war, vor langer Zeit natürlich. Aus ihrer Erstarrung heraus stürzten sie sich auf diese sich Unvorstellbares Anmaßende. Büßen sollte sie das, diese Tusse! Doch Schutzengelin Nummer 2 wehrte die beiden mit einem Griff aus der Akidotechnik ab, der auch diese Jungs höchst unsanft zu Boden fallen ließ. Noch einmal rappelten sie sich auf. Noch einmal stürzten sie auf diese Fotze los. Noch einmal ließ diese sie mit einer ungeahnten Leichtigkeit zu Boden knallen, diesmal mit dem Kopf gegen einen Stein, was zwar keineswegs beabsichtigt war, sie aber vollends außer Gefecht setzte. Der Messertyp hatte sich inzwischen aufgerafft und stürzte sich nun auf Nummer 2. Aber auch hier konterte diese mit einem Kantenschlag, der dem Angreifer das wieder aufgehobene Messer aus der Hand schleuderte. Ein blitzartiger geschickter Griff folgte, so dass er selbst den Weg des Messers nahm. Hase, der langsam zu sich gekommen war, staunte. Schutzengel Nummer 2 lächelte ihn an, griff sich das bei der Schlägerei aus seiner Manteltasche gefallene Smartphone und wählte die Polizei.

Als diese gekommen war, fand sie drei noch immer halbwegs bewusslose Jungs und einen ermatteten Hase vor. Aber wo war Engelin Nummer 2?

Die Polizei sah und machte sich so ihren eigenen Reim darauf: drei Jugendliche, die kaum imstande waren sich zu bewegen, ein Mann, der ihr Vater sein konnte und der sich gerade wieder auf den Füßen befand.

"Wie haben Sie das gemacht?"

"Ich weiß nicht. Eine Frau kam und schlug diese Typen zusammen?"

"Haben Sie getrunken? Vielleicht Drogen?"

"Die Typen haben mich überfallen."

"Treiben Sie Kampfsport?"

"Nein! Ich sagte doch, diese Frau!"

Die Polizisten warfen sich einvernehmende Blicke zu. Eigentlich hatten sie für derartige Märchen keine Zeit. Immerhin verwunderlich, dass dieser nicht sonderlich starke Mann - Wie hieß er eigentlich? -, dass dieser Mann drei junge drahtige Kerle zur Strecke gebracht hatte.

„Geben Sie mir mal Ihren Ausweis!", verlangte einer der Beamten, während die anderen beiden sich um die zur Strecke gebrachten Jugendlichen kümmerten. Auf dem Schnee überzuckerten Boden fanden sie ein Messer, das sie sorgfältig in eine Plastiktüte steckten. Hase fingerte in seinen Jackentaschen herum, bis er sein Portemonnaie endlich ertastete, in dem sich der Ausweis befand. Es befand sich noch etwas anderes in seiner Jackentasche, das er hektisch zusammen mit dem Portemonnaie gegriffen haben musste und das jetzt heraus fiel.

"Was haben wir denn da?"

Ein Plastiktütchen weißen Inhalts war auf den Boden gesegelt. Es begann zu schneien.

Typischer Fall von eskaliertem Drogendeal. Hase und die drei Typen befanden sich samt Messer und Schnee kurze Zeit später auf dem Revier. Der Fall war klar: ein Dealer und drei Kiffer, die in Streit geraten waren. Was für ein Märchen, das dieser Hase da auftischte! Immerhin stimmte sein Name. Der Wolf im Hasenpelz. Gefundenes Fressen für die Presse! Wer weiß, wie vielen, sicher auch Kindern, er dieses Zeug noch angedreht hatte? Ein Mussif, dem er den Schnee als Beweismittel angeblich abgenommen hatte. Für wie naiv hielt er sie denn, die Polizei? Und dann die Story mit der Frau? War Hase bekifft -

auch wenn er diesen Eindruck nicht machte? Die Blutprobe würde es zeigen.

Und so fand sich Hase in einer kleinen Zelle zusammen mit drei jungen Männern wieder, deren Mimik recht deutlich vermittelte, was sie von ihm hielten. Sonst etwas hätte er für eine Einzelbehausung gegeben. Aber dafür reichten die Steuergelder nicht.

Sie waren allein. Der Polizeibeamte, der sie vernommen hatte, war wieder in sein Zimmer gegangen. Viel Lust, der Sache sich anzunehmen, hatte der heute ohnehin nicht mehr. Seit über 40 Stunden im Dienst. Kollegen waren ausgefallen. Kein Wunder bei dem Stress. Nicht mal 'ne Weihnachtsgratifikation! Scheiß Sparpolitik! Zuerst musste er sich seine Schusswaffen sichere Weste selbst kaufen. Damit fing's überhaupt an. Dann kamen vorzeitige Pensionierungen seiner Kollegen, Umstrukturierungen, Gesundschrumpfung. Sein Revier um 50 Prozent! Und jetzt musste er sogar noch glücklich sein, Überstunden machen zu dürfen. Sollte schon längst zu Hause sein und den Baum für Heilig Abend besorgt haben. Er stellte das Radio an. *Driving Home for Christmas* schmalzte Chris Rea.

Hase saß ihnen gegenüber, dieser Arschficker. Alles klar, der hatte scheiße Angst. So allein hier in der Zelle, in der er ihnen nicht entkommen konnte. Trotz eigener schmerzhafter blauer Flecke war es voll krass, diesen Wichser zittern zu sehen. Ali Baba stand auf und ging langsam, jeden Schritt genießend, auf Hases Pritsche zu. Er baute sich vor ihm auf, fixierte ihn ohne ein Wort zu sagen, wartete, bis sich auch seine Kumpels erhoben hatten und ihm zeitlupenartig gefolgt waren, hinter ihm standen. Scheiße egal, was die Bullen mit ihnen machen würden, den Wichser machten sie flach. Mussif war ihre Sache. Das ging den Alten nichts an. Sie ließen sich das Ding doch nicht kaputt machen. Lief seit Monaten alles voll fett. Und wenn Mussif tatsächlich die Schnauze nicht halten würde, hatten sie ja dessen Schwester. Voll auf Pumpe! Mit Mussif würden sie schon fertig. Aber erst mal der Opa hier. Scheiße, dass die Bullen ihr Messer hatten! Macht nix. Sie waren zu dritt. Ali Baba schritt aus.

"Isch mach disch platt! Ischwör!"

Die Kumpels nahmen Anlauf.

Engelin Nummer 1 hatte gerade vor sich hin gedöst, als sie dieses „Ischwör!" blitzartig hochfahren ließ. Umgehend sprang sie in die Tiefe und stand, noch bevor der Typ zuschlagen konnte, zusammen mit Kommissar Obermüller (Resigniert hatte der seinen Baumkauf verschoben.) in der aufgesperrten Zellentür. Der Kommissar erfasste Ali Baba mit einem routinierten Griff und drückte ihn recht unsanft auf eine der Pritschen. Die beiden anderen zogen sich freiwillig auf ihre Bänke zurück. Obermüller stellte vor:

"Frau Dr. Flitter, Ihre Anwältin, Herr Hase. Sie bestätigt Ihre Personenangaben. Auch Ihre Angaben über diesen Mussif."

Gott sei Dank! Hase war gerettet, obwohl er diese Frau Dr. Flitter noch nie in seinem Leben gesehen hatte. Die anderen knurrten vor sich hin, getrauten sich aber nicht, sich zu erheben. Eine Kaution war gestellt – für Hase. Er durfte die Zelle verlassen, begleitet von Frau Dr. Flitter. Wo hatte sie seine Personalien her? Wer hatte ihr von dem Fall erzählt? Woher wusste sie überhaupt, wo er sich befunden hatte? Fragen über Fragen schossen ihm durch den Kopf. Sofort wollte er loslegen, wenn er in ihrer Begleitung die Polizeistation hinter sich gelassen hätte. Er bekam seine Papiere ausgehändigt und sollte Bescheid bekommen, wie es weiter gehe. Der Beamte übergab ihm seinen Mantel.

Die Haustür des Kommissariats hinter ihnen kaum zugefallen, glitt Frau Dr. Flitter so schnell an Hase vorbei die Treppenstufen hinunter, dass der keine einzige seiner unzähligen ihm durch den Kopf schwirrenden Fragen mehr stellen konnte. Ein Taxi war aus der Dunkelheit aufgetaucht, in dem sie engelsgleich verschwand. Er hechtete hinterher, aber der Mercedes fuhr schon ab. So stand er allein in der Nacht. Es begann wieder zu schneien.

Wochen waren vergangen. Hase hatte versucht, Kontakt zu Mussif aufzunehmen, aber der musste sowohl seine Adresse als auch seine Handynummer gewechselt haben. In der Schule war er ohnedies schon früher nur höchst sporadisch anzutreffen gewesen. Von der Polizei war noch keine Nachricht gekommen. Und auch Frau Dr. Flitter hatte sich nie wieder gemeldet. Es blieb nichts weiter als zu warten, so merkwürdig das Ganze war.

Gerade grübelte er über seinen Fall, als es klingelte. Vor der Tür stand eine Postbotin. Am Sonntag? Egal! Musste wohl wichtig sein. Die Postbotin schnaufte. War vermutlich gewöhnt, immer nur in die Hausbriefkästen ihre Post auszuliefern. Klein und außer Atem stand sie Hase gegenüber und hielt ihm ein Formular unter die Nase.

"Was ist los, Hasi?", hörte er es aus der Küche schrillen.

"Nichts!"

"Unterschreiben!"

Hase unterzeichnete und nahm ein bräunliches Briefkuvert entgegen. Noch bevor er die Tür schließen konnte, war die Postbotin murrend schon wieder die Treppenstufen hinuntergestolpert.

Hase riss hastig den Umschlag auf: *Verfahren eingestellt... Ali S., Karil A. und Osman Z. flüchtig... Polizei keine Kapazitäten zur Verfolgung...*

hoffnungslos unterbesetzt... Schließlich niemand ermordet.

Hase schüttelte verständnislos den Kopf über diese Bankrotterklärung, aber doch auch irgendwie erleichtert. Mussif könnte es ja doch noch packen. Er müsste bloß so jemandem wie seinem Kollegen Löwe in die Hände geraten. Schließlich war der Bursche noch jung und nicht dumm. Gehörte einfach nur einmal härter angepackt.

Engelin Nummer 3 pustete noch immer. Erst jahrelang nichts zu tun, so dass einem alle Knochen einrosteten, und nun auf einmal dieser Postbotenjob! Schließlich waren sie auch nicht mehr die Jüngsten hier in Klasse B. Seit Jahren schon lange keine Neuzugänge mehr. Waren plötzlich genauso unterbesetzt wie die Polizei.

VERSPÄTUNG

 Dreiundzwanzig Uhr und drei Minuten! Verdammter Schnee! Gerade noch hatte Pfarrer Sommer den letzten Parkplatz auf der Straße vor der Johanni-Kirche ergattert. Jetzt musste er nur noch mit der vereisten Schneeverwehung kämpfen, die die knappe Lücke begrenzte. Das kostete Zeit. Also: Rückwärtsgang und Gas - Stopp! Nicht durchtreten! (Hinter der Lücke wartete immerhin ein 300er Mercedes, neuestes Baujahr.) Pedal nur leicht antippen! Oder doch ein bisschen mehr? Dreiundzwanzig Uhr sechs! Das Ganze von vorn: einkurbeln - ein Stückchen vor - einschlagen - und wieder zurück. Geschafft! Zum Glück hatte er seinen Talar schon zu Hause übergestreift, so dass ihm das Umkleiden erspart blieb.

Die Glocken läuteten noch immer, als Sommer die erste der Kirchenstufen erklomm. Elf nach elf! War von den Gottesdienstbesuchern so viel Geduld zu erwarten? Und wenn seine Verspätung ausgerechnet zur Mitternachtsmesse bis zum Bischof vordrang, punktete das auch nicht gerade. Es war Sommers dritte Predigt an diesem Heiligen Abend. Gut so. Was sollte er auch allein zu Haus? Dort fiel ihm ohnehin nichts Besseres ein, als in seiner gering bemessenen Freizeit im Internet zu surfen, mit Vorliebe in Kontaktforen.

Aber da war heute nichts los. Es gab keinen Grund, dass er sich derartig verspätete. Ziemlich peinlich, zumal er seinem neuen Amtssprengel erst vor einigen Wochen zugeteilt worden war. Und zumal er bei seinem Vorgesetzten, dem Landesbischof, auch nicht sonderlich im Kurs stand. Der hatte seine Versetzung im vorletzten Monat mit der Scheidung des Pfarrers begründet. Eine Scheidung verstieß in der evangelischen Kirche nicht gegen eines der Gebote, doch offensichtlich war sie der ehemaligen Gemeinde nicht zumutbar gewesen, obwohl er schwören mochte, dass mindestens die Hälfte seiner Lämmer mehr wohlwollendes Verständnis für seine Lage aufgebracht hätte als dieser verknöcherte Junggeselle. Ein Mord wäre ja schließlich auch keine Alternative gewesen.

Noch außer Atem erreichte Sommer den Altarraum, nachdem er die Kirche kurz zuvor durch den Seiteneingang betreten hatte. Fast viertel nach elf rang er hier vor der ihm noch kaum vertrauten Gemeinde nicht nur nach Luft, sondern auch nach passenden Worten, die seine Verspätung entschuldigen sollten. Das tat er allerdings mit einem so gewinnenden Lächeln, dass diese überwiegend ihm fremden Gesichter selbstverständlich Verständnis für einen so charmanten Mann bei diesem entsetzlichen Schneetreiben aufbrachten - bis auf den Bischof natürlich, der vermutlich vorm Spiegel schon

94

seinen Text für eine Hochzeit am Neujahrstag probte:"... bis dass der Tod euch scheidet." Mutterselenallein natürlich. Tja, das war Sommer allerdings auch, denn selbst seine Tochter hatte sich von ihm abgewandt, voll unter dem Einfluss seiner Exfrau stehend, die heute vermutlich mit einem anderen das Bett teilte. Das Bett des Pfarrers war leer.

Zum Glück blieb ihm sein Beruf mit all der zu diesem gehörenden Menschliebe, die zur Zeit allerdings nicht so ganz umfassend war, wie er es sich gewünscht hätte. Mit schlechtem Gewissen gab Sommer nun alles, nur um der kleinen Gemeinde, die da so geduldig vor ihm saß, nach Gans und Klößen ein harmonierendes Dessert zum Abschluss ihres Weihnachtsabends zu bescheren. Und unter dem Glanz der elekrischen Kerzen des riesigen Tannenbaumes, neben dem er stand, gelang es ihm tatsächlich, seinem erwartungsvollen Publikum eine wohlige Zufriedenheit herbeizuzaubern.

Aber dabei durfte es natürlich nicht bleiben. Etwas Kritisches sollte auch heute nicht fehlen. Egozentrik und Egoismus durften bei aller Weihnachtsduselei nicht gänzlich unter den Tisch fallen. Seine Geschiedene verkörperte dabei das passende Beispiel. Doch das wäre natürlich zu privat gewesen. Unter dem Motto *Zahlt sich Selbstlosigkeit in unserer Gesellschaft noch aus?* stand seine Predigt an diesem Abend. Als

Aufhänger diente ihm dabei der Lieblingsdichter seiner Ex, einer promovierten Literaturwissenschaftlerin: Bertolt Brecht, dieser Besserwisser, dieser menschenverachtende Menschenfreund. Er mochte ihn nie. Nur schade, dass seine Exfrau nicht in einer der Reihen saß. Und so musste er fünf vor halb zwölf dessen kurze Geschichte vom dummen heiligen Martin dem kleinen Auditorium ohne seine Geschiedene darlegen. Eva hätte ohnehin nur verächtlich gegrient. Und der Bischof hätte diesen Exkurs am Heiligen Abend vermutlich für ebenso überflüssig gehalten.

Die meisten der Anwesenden stierten wohlig müde vor sich hin, keine Lust mehr zum Nachdenken, zu voll von Gänsebraten und Weihnachtspudding, zu benebelt vom Punsch oder Whisky. Ach, wie selig sie doch waren, diese Unwissenden, die nach der Kirche sich in ihr Bettchen an ihr Frauchen kuscheln würden und... Zu beneiden. Keinen hier interessierte Brechts abwertende Einschätzung wirklich, auch wenn sie alle geduldig vor Sommer saßen und ihn predigen ließen. Und so predigte er in trauter Harmonie Perlen vor die Schafe.

Gerade als er sich überlegte, den Exkurs über den angeblich dummen Martin zu kürzen, knarrte die schwere Eichentür. Ein verteufelt gut aussehender Engel huschte herein in die Kirche und nahm in der hintersten Reihe Platz. Was für eine Weihnachtsüberraschung! Welche Wohltat gegenüber den dickbäuchigen Männern und faltigen Frauen, die vor ihm so selig dahindösten. Toll sah die aus in ihrem roten Mantel. Und sie kam ohne Begleitung!

Na, nun musste er wirklich alles geben. Nicht länger mehr war er Sommer. Jetzt war er Brecht. Und mit all seiner schauspielerischen Fähigkeit, die er in der Amateurgruppe des Boccaccio-Gymnasiums vor vielen Jahren erworben hatte, machte er nun doch noch Eindruck auf die kleine Gemeinde, das heißt, er zog vor allem diese wundervolle Frau dort hinten in der letzten Reihe in seinen Bann. Sie war voll konzentriert, lachte, wenn er Brecht ironisch kommentierte, verzog das Gesicht zur Empörung, wenn er dessen zynische Auffassung von Nächstenliebe anprangerte. Endlich ein Publikum, für das es wert war zu predigen! Ob sie noch was vor hatte? Er könnte sie einladen. Auf ein Glas Wein vielleicht und... Die Stichwortvorlage auf dem Pult war zu Ende, der heilige Martin nicht erfroren, der Dichter widerlegt und in die Hölle verbannt.

"Nun lasst uns gemeinsam singen!"

Mit Sicherheit Sopran. Sie sah nach Sopran aus, aber er konnte ihre Stimme hier vorn vom Altar aus nicht vernehmen, zumal er selbst in einem kraftvollen Bass "Jauchzet, ihr Himmel, frohlocket ihr Engel auf Erden!" voller Zuversicht und Optimismus schmetterte. Toll sah sie aus!

Viel besser als Eva, auch besser als Judith und Iris. "Gott und der Sünder, die sollen zu Freunden nun werden." - Jetzt noch schnell die Weihnachtsgeschichte, Lukas 2, Vers 1 bis 20. Konnte er kürzen. Die kannte ohnehin jeder.

"Es begab sich aber zu der Zeit, dass ein Gebot von dem Kaiser Augustus ausging, dass alle Welt geschätzt würde."

Und kaum später war Sommer schon im Stall bei den Geschenken angelangt. Ob diese wundervolle Frau dort hinten wohl Kinder hatte? Egal. Aber wenn die nun zu Hause warten würden? Quatsch! Eine Mutter lässt ihre Kleinen nicht allein an Weihnachten. Doch vielleicht gab es ja einen Mann, der zu Hause aufpasste.

"Fürchtet Euch nicht! Ehre sei Gott in der Höhe und Friede auf Erden und den Menschen ein Wohlgefallen."

So, bis hierher. Das musste reichen. Jetzt noch einmal die Weihnachtsstrophe *Freuet euch, Hirten und Herden!* und das Gebet.

Unter festlichem Orgelklang schritt Sommer voraus zum Ausgang der Kirche, wo kaum später die an Weihnachten immer erstaunlich Gläubigen Hände schüttelnd an ihm vorbeidefilierten. Wo war der Engel? Hatte er diese wundervolle Frau verpasst? Die kleine Menschenschlange näherte sich dem Ende. Eine Hand, ein Wunsch, ein Gruß, die letzte Hand. Wie konnte das sein? Er hatte doch genau aufgepasst. Sie war nicht an ihm vorbeigekommen. Sein Trost der Heiligen Nacht! Wo war er?

Gerade wollte er zurück in die Sakristei, als sie vor ihm stand, diese wundervolle Frau im roten Mantel.

"Sind Sie auch allein heute Abend?" Was Dümmeres war ihm nicht eingefallen. Und er wunderte sich selbst, dass dieser Engel offensichtlich auf diese und noch einige weitere seiner Plattitüden einzugehen bereit war.

Als sich die beiden wenig später im Auto wiederfanden, beklagten sie unter dem Läuten der Mitternachtsglocken gemeinsam das wenig ritterliche Verhalten des in den Mittelpunkt gestellten Dichters seinen Frauen gegenüber, während Sommer bereits ungeduldig begann, an den Knöpfen des roten Mantels herumzufingern. Ein Schauer durchfuhr ihn.

WEIHNACHTLICH
WUNDERLICHES

Was soll's, raunte der rotbärtige Küchenjunge der Gans zu, wetzte sein Messer, stellte den Topf aufs Feuer und ließ sie im Vertrauen auf den Heiligen Geist und BSE-freies Rindfleisch einfach laufen.

Was soll's, dachte sich darauf die fettbrüstige Gans, fraß die für sie bestimmte Kastanienfüllung, stahl dem Küchenjungen das Messer vom Tisch und bohrte ihm damit vor Freude ein Loch in den Hintern.

Was soll's, flöteten die Küchenschaben, gaben sich als verkleidete Engel aus und tanzten Flamenco auf der heißen Herdplatte.

Was soll's, piepsten die bislang immer zu kurz gekommenen Mäuse, setzten dunkle Sonnenbrillen auf ihre kleinen possierlichen Schnäuzchen und gossen sich einen aus der Punschschale hinter die Binde.

Was soll's, knurrte der langmähnige Küchenhund verschlafen, schmierte sich die für die Stolle bereits geschmolzene Butter ins Fell und vögelte die zahnlose Katze.

Und so wurde es völlig unerwartet noch ein ganz wundervoller Heiliger Abend.

Als Hochwürden von den Vorfällen nach der Mitternachtsmesse erfuhr,
schüttelte er schmunzelnd sein weises Haupt und murmelte nur:

Was soll's.

EIN VERPATZTER ABEND

Es hatte geschneit. Endlich wieder einmal weiße Weihnacht! Schon am zweiten Advent waren die Großeltern gekommen. Die Tante heute morgen, zusammen mit den Zwillingen und Gabriels Cousin. Der Onkel sollte am Nachmittag eintreffen und Uli mit seiner Freundin am Abend. Auch Mutter hatte man für ein paar Stunden geholt. Nach der Feier, so hieß es, müsste sie jedoch zurück in die Klinik. Jetzt lag sie im Schlafzimmer, das helle Messingglöckchen, mit dem sie in den vergangenen Jahren immer das Zeichen zum Betreten des Weihnachtszimmers gegeben hatte, neben sich auf dem Nachttisch. Ab und zu, wenn sie etwas brauchte, doch sehr selten, ließ sie es zaghaft ertönen.

Gabriel drückte sich dann davor, das Zimmer zu betreten. Er schob ganz wichtige Dinge vor: dem Wellensittich Wasser-Geben, den Mülleimer Nach-unten-Tragen, die Berichtigung der Mathearbeit. Auch um die Krankenhausbesuche hatte er sich meist gedrückt. Es war öde dort. Mindestens eine halbe Stunde musste man auf einem Schemel sitzen, durfte nicht laut sprechen. Immer nur das Gelabere über Gesundheitszustand und Essen. Seit Wochen schon nichts Neues: montags Hühnchen, dienstags Eintopf, mittwochs Risotto und Erprobung eines neuen

Medikaments, donnerstags künstliche Ernährung (wegen Unverträglichkeit des Mittels), freitags Fisch, samstags Suppe, sonntags Häppchen, die der Besuch mitbrachte, meist aber wieder mitnehmen musste.

Mutter war traurig darüber, dass er sie so selten besuchte, aber was musste sie auch ausgerechnet diese beschissene Krankheit haben! Alle anderen Kinder fuhren über Weihnachten in den Skiurlaub oder nach Gran Canaria. Er musste schon immer, auch bevor Mutter ins Krankenhaus gekommen war, zu Hause bleiben, allenfalls mal nach Polen mit der Kirche. Sie hatten kein Geld, denn sie hatten keinen Vater. Auch wieder so ein Egotrip von Mutter: hatte sich einfach scheiden lassen. Gerade jetzt hätte er seinen Vater gut brauchen können. Opa war da kein Ersatz, obwohl Opa doch noch so ziemlich der einzige war, mit dem man etwas anfangen konnte.

"Gabriel, hilf mir mal!", ertönte die resolute Stimme Omas aus der Küche. Ausgerechnet jetzt, wo die Zwillinge sich in seinem Zimmer breitmachten. Hoffentlich gingen sie nicht an seine Wellensittiche, oder sie setzten womöglich noch seinen Computer in Betrieb. Die waren doch viel zu doof, damit umzugehen.

In der Küche war schon Simon, sein Mustercousin, am Wirken. Er wollte Kochen lernen. Total behämmert! Wozu musste er im Zeitalter der Fertiggerichte denn wissen, was man mit so einem Braten alles anzustellen hatte? Simon war immer Omas Liebling gewesen, und auch jetzt kam sich Gabriel hier in der Küche wie das fünfte Rad am Wagen vor. Weshalb hatte Oma ihn überhaupt geholt? Alles nahm ihm doch schon dieser Schleimer aus der Hand. Alles - bis auf ein Geschirrtuch. Gabriel sollte abtrocknen. Das hatte er bei seiner Mutter nie machen müssen. Hoffentlich würde sie bald wieder gesund! Dann würde sich Oma weniger einmischen. Und auch die Familie würde sich hier nicht mehr treffen und alles durcheinanderbringen. Alles hatte so gut geklappt. Er hatte alles im Griff gehabt, als Mutter zwar schon im Krankenhaus, sie alle aber noch nicht da waren. Er war prima klargekommen. Mikrowellengerichte, die schmeckten, kannte er längst, und sonst eben Döner vom Türken. Das war ein echt cooler Typ. Immer lachte er und schenkte Gabriel sogar einmal eine Cola, die er zwar nicht bezahlen konnte, allerdings schon aus dem Getränkeregal genommen hatte.

Simon bepinselte noch immer den Braten mit Fett und kam sich ungeheuer wichtig vor. Er konnte alles, jetzt sogar noch ein Weihnachtsessen zubereiten. Kein Wunder, er hatte ja auch alles: den neuesten PC, das teuerste I-Phone, eine Stereoanlage, einen eigenen kleinen Farbfernseher, zwei Meerschweine, einen Vater und eine immer fröhliche Mutter. Dass Gabriel in dieser Beziehung die Arschkarte gezogen hatte, interessierte Oma null. Sie erwartete ganz selbstverständlich, dass er ebenso gut in Englisch, in Mathe und in Physik war wie dieser Streber, und sie erwartete, dass er sich sogar in der Kirche genauso engagierte. Dabei glaubte er überhaupt nicht an Gott.

Aus dem Schlafzimmer ertönte zaghaft das Glöckchen.

"Ich geh schon!", beeilte sich Simon. Und diesmal wäre selbst Gabriel gegangen, denn er wollte jetzt besonders nett zu Mutter sein. Sie brauche viel Kraft und die könnten ihr alle ihre Lieben geben, hatte der Pfarrer gesagt. Diese Kraft hätte Gabriel ihr nur zu gern gegeben, damit Mutter die sich hier breitmachende Familie endlich wieder rausschmeißen würde. Aber Simon war ihm ja schon zuvorgekommen. Also polierte Gabriel lustlos an den noch verbliebenen Tellern herum.

Die Zeit schlich dahin, bis es endlich soweit war und man wie früher ins Weihnachtszimmer geholt wurde. Diesmal war es Tante Christel, die die Türen öffnete und den Blick frei ließ auf den Lametta geschmückten Baum. Das war nicht sehr umweltfreundlich, aber in der Hektik waren nicht einmal die Zwillinge dazu zu bewegen gewesen, Strohsterne zu basteln. Hoffentlich hatten sie das richtige Computerspiel ausgesucht, ging es Gabriel durch den Kopf. Er baute da voll auf Onkel Heinz. Alle anderen hatten ohnehin keine Ahnung. Auch Opa nicht. Warum hatten sie ihm denn nicht erlaubt, das Spiel selbst zu besorgen? So hatte er es doch schon im letzten Jahr gemacht, als er noch mit Mutter allein war. Na, die Zeiten würden hoffentlich bald wieder kommen!

Natürlich war da noch lange nichts mit Geschenken. Erst kam das bescheuerte Musizieren. Mutter war inzwischen in ihrem Rollstuhl auch schon ins Weihnachtszimmer geschoben worden. Sie hatte sogar darauf bestanden, nicht im Morgenmantel zu erscheinen. In ihrem auberginefarbenen Pullover wirkte sie ziemlich verloren. Sie musste schon wieder abgenommen haben. Aber sie lächelte, und - kaum zu bemerken - musste sie sich sogar die Lippen geschminkt haben.

Das gemeinsame Singen begann: *Stille Nacht*! Nicht zu fassen! Diese Gruftis! Zum ersten Mal hatte Gabriel etwas mit seinem Cousin gemein. *Stille Nacht!* Es gab so viele geile amerikanische Weihnachtslieder, aber nein, *Stille Nacht!* musste es sein in dieser bescheuerten Familie! Und danach kam dann auch noch sein gemeinsames Vorspielen mit Simon. Gabriel hatte nicht sehr viel Zeit gehabt zu üben, um ehrlich zu sein, er hatte keine Lust dazu gehabt. Aber das Stück hatte er schon im Sommer auf einem Klavierabend zusammen mit einem anderen Musik-schüler gespielt, und es würde auch so klappen, ohne vorher noch einmal geübt zu haben.

Simon stellte sich neben dem Klavier auf und setzte seine Geige unters Kinn. Ein Alf Berthold Simon kratzte gewichtig auf den Saiten herum! Und dann konnten sie endlich beginnen. Natür-lich klappte es, ohne zu üben, denn nicht er, sondern dieser Spast war es, der Unsicherheit zeigte. Gabriel konnte es sogar wagen, das Tempo zu steigern. Endlich einmal etwas, was er besser konnte als sein musterhafter Cousin! Er gab sich Mühe, doch Simon zog mit. Vom Allegro keine Spur mehr. Beinahe schon Allegretto. Und auf einmal war es Simon, der das Tempo vorgab, fast wie bei einem Wettrennen. Immer näher kam die Stelle, die Gabriel im Sommer verpatzt hatte. Unermüdlich trieb dieser Stehgeiger weiter. Der erste Takt war geschafft, der zweite, der dritte, jetzt noch der Lauf, und da - falscher, Fingersatz, falsche Taste, Gabriel war raus. Hochnäsig sah Simon auf ihn herab, begann gönnerhaft noch einmal von vorn mit dem Takt. Aber Gabriel konnte sich vor lauter Ärger gar nicht mehr rich-tig konzentrieren. Wieder verpatzt. Er drehte sich kurz um, bevor beide Jungen ein drittes Mal ansetzten. Und er blickte in Mutters Gesicht. Sie lächelte, sagte dann kaum hörbar:

"Macht nichts!" Was wusste Mutter schon? Natürlich machte es etwas. Daran konnte auch der dritte nun gelungene Versuch, der die Sonate ihrem Ende entgegenbrachte, nichts mehr ändern.

Auch sonst schien das Fest verpatzt zu sein. Das Computerspiel war natürlich das falsche. Er hatte es gewusst. Aber keiner wollte ja auf ihn hören. Und mitten beim Weihnachtsessen bekam Mutter wieder einen Anfall. Sie wurde zuerst ins Schlafzimmer gebracht, wenig später zurück ins Krankenhaus. Gabriel war nicht mitgefahren. Er war noch immer wütend über dieses blöde "Macht nichts!" von ihr. Sie war es doch überhaupt, die schuld daran war, dass er die Stelle verpatzt hatte, denn sie war es gewesen, der er imponieren wollte. Sie war überhaupt an allem schuld. Das hatte selbst Oma gegenüber Tante Christel im Gespräch geäußert, das er im Flur belauscht hatte.

"Nur diese verdammte Hurerei ist schuld daran, dass wir nun schon bald einen Internatsplatz für Gabriel finden müssen. Immer ohne Gummi!", hatte sie gesagt. Und dann hatte er so eine richtige Wut bekommen, erst auf Oma, dann auf Tante Christel - und dann natürlich auf Mutter.

In der Nacht klingelte das Telefon. Die Großeltern und Tante Christel fuhren ins Krankenhaus. Mutter war gestorben.

DER WEIHNACHTSVOGEL

 Verdammt! Dieses verfluchte Vieh! Zugegeben, es war nicht unmusikalisch. Aber gerade deshalb irritierte es ihn doch gewaltig, denn jedesmal, wenn sich ein Patzer oder aber auch nur ein an falscher Stelle gesetztes Crescendo ankündigte, also keinesfalls hörbar wurde, nein, lediglich in der Luft lag, fing dieser dumme Vogel an zu zetern, bedingte somit erst das Verspielen und erschwerte dann schon von psychologischer Seite her einen fehlerfreien Vortrag. Er war vor Jahren einmal ein Weihnachtsgeschenk von Match gewesen, dieser Vogel. Verblüfft und entzückt hatte sie damals seine Musikalität. Eine Blaustirnamazone, die für einen Pianisten geradezu geboren zu sein schien. Sein größter Kritiker sozusagen, der ihn erst auf die Bühne entließ, wenn das Spiel auch vor allen anderen Kritikern bestehen konnte.

Beethoven liebte es besonders, dieses Tier. Aber heute machte es seinen Besitzer noch nervöser als gewöhnlich. Von diesem Abend sollte schließlich einiges abhängen. Ein kleines Essen mit dem Agenten und Mr. Lewisham war vorgesehen, einem nicht unbedeutenden Musikliebhaber, der in Fachkreisen durchaus als Klassikkenner galt. Ohne eine von ihm finanzierte Tournee müsste der Künstler sein bisher

zur lieben Gewohnheit gewordenes Leben vermutlich schon bald umstellen, nachdem das
geerbte Vermögen von Tante Lissy - Gott habe sie
selig! - aufgebraucht, das Verhältnis mit Match,
der reichen Anwaltsgattin, zwar noch nicht
definitiv beendet, aber doch merklich abgekühlt
war, so dass man jetzt schon absehen konnte,
was übrigbleiben würde: nichts weiter als der
Vogel. Seine Zukunft hing also vorerst einzig von
der Gewogenheit dieses Mr. Lewisham ab.

Es war bereits mittag. Um 20 Uhr würden die
beiden Männer kommen. Zum Weihnachtsdin-
ner, denn es war der 25. Dezember. Curt, sein
Agent, hatte diesen Termin vorgeschlagen. Curt
war mit allen Wassern gewaschen. Schließlich
musste an solch einem Abend ein Vertrag zu-
stande kommen, zwangsläufig, ein Vertrag unter
Junggesellen, denen allen eines gemein war,
nämlich die Erleichterung darüber, mit einer
handfesten Begründung dem alljährlichen Fami-
lienrummel entfliehen zu können. Und bei solch
einer Verschwörung war eine vorläufige Garantie
für maßgeschneiderte Anzüge, Besuche von Vier-
Sterne-Restaurants und zahlreiche andere lieb
gewordene Gewohnheiten doch geradezu unum-
stößlich. Auch Mr. Lewisham schätzte gutes Essen. Und genau das wollte er ihm heute abend
bieten. Ja, er wollte es sogar überbieten, weshalb
unbedingt noch der Speiseplan mit Mrs. Eylert
abgesprochen werden musste.

Gerade kam sie, schloss mit dem ihr schon vor Jahren anvertrauten Schlüssel die Wohnungstür auf, entledigte sich ihres vom Tauregen völlig durchnässten Schals. Eine veritable Person, die Vertrauen ausstrahlte und sich schon seit Jahren um den Haushalt kümmerte: um die Zimmer, das Essen, Wäsche, Kleidung, ja selbst um ihn, wenn es notwendig war. Rundherum eine Perle, wie man sie nur noch selten finden konnte.

Jetzt aber musste sich diese Perle so schnell wie möglich um das Essen kümmern. Deshalb überfiel er sie schon im Flur:

"Mrs. Eylert! Wie gut, dass Sie kommen. Haben Sie sich schon Gedanken gemacht? Sie wissen, wie wichtig dieser Abend für mich ist."

Mrs. Eylert hatte ihren Mantel abgelegt, ohne die Ruhe zu verlieren, und begrüßte nun erst einmal den Papageien, bevor sie sich in die Küche drängen ließ.

"Also unbedingt, Mrs. Eylert, etwas ganz Exquisites, und natürlich heute auf keinen Fall diesen trockenen Truthahn. Sie wissen doch, dass Mr. Lewisham nichts so sehr liebt wie gutes Essen."

"Na, dann vielleicht Täubchen?", schlug Mrs. Eylert vor.

"Wie langweilig!"

"Oder Bärenschinken?"

"Meist zu zäh."

"Na, zur Zeit gibt`s Strauß im Angebot der Feinkostabteilung von Bloomies. Und die hat noch drei Stunden geöffnet.", versuchte sie es weiter.

"Ach, Mrs. Eylert, machen Sie, was Sie denken! Nur kein Geflügel an Weihnachten! Ich weiß, ich kann mich auf Sie verlassen. Nur kein Geflügel."

Und damit verschwand er aus der Wohnung, denn er hatte noch einiges zu erledigen.

Es war spät geworden, äußerst spät, man konnte nur hoffen, dass es nicht zu spät geworden war, als er die Wohnungstür aufschloss. Ausgerechnet heute musste ihm Agatha über den Weg laufen! Wie hätte er sie so einfach stehen lassen können? Das wäre mehr als unhöflich gewesen. Es wäre die reine Dummheit gewesen. Aus dem Wohnzimmer waren Stimmen zu hören. Mrs. Eylert eilte ihm aus der Küche entgegen.

"Nun machen Sie schon! Die Herren sind bereits seit einer halben Stunde hier."

Oh Gott! Den Vertrag konnte er abschreiben.

In schauspielerischer Überschwänglichkeit betrat er das Zimmer, wo Mr. Lewisham gerade gelangweilt mit dem Zeigefinger einen von Mrs. Eylert übersehenen Fussel vom Sofa schnipste. Curt schnellte sofort aus seinem Sessel und ergriff das Wort:

"Du Armer! Ich habe schon gehört, dass du mit dem Auto einfach liegengeblieben bist. Und das bei diesem Wetter!"

Auf Curt war immer Verlass.

"Ja, Mrs. Eilert hat euch sicher von meinem Missgeschick erzählt.", parierte er.

"Sie hat es, mein Lieber, sie hat es, gleich nachdem du angerufen hast."

Der gute Curt!

Mr. Lewisham nötigte ihn, kaum dass er seine Jacke abgelegt hatte, an den Flügel. Er habe schon lange genug herumgesessen, bemerkte der Musikkenner mürrisch, und könne seine kostbare Zeit nicht beliebig mit Warten verplempern. Er sagte tatsächlich: "verplempern". Und somit erklangen ohne einen Willkommensdrink, auch ohne ein gemeinsames Händeschütteln oder ein paar verbindliche Worte die ersten Töne aus dem auf Raten erworbenen Bechstein: Beethoven, *Appassionata, f-Moll, 1. Satz*, wundervoll! Doch der Vogel, der sonst bei diesem Stück meist vor Vergnügen zu Gurgeln pflegte - vorausgesetzt kein Verspieler lag in der Luft, war nirgendwo zu hören. Merkwürdig! Aber vermutlich hatte er sich wieder einmal gelangweilt, seine Stange verlassen und erkundete nun zu Fuß die Wohnung. Erst neulich mussten sie ihn aus der Besenkammer hervorholen. Egal! Mr. Lewisham war sein Zuhörer, für den er sich in diesem Augenblick die Seele aus dem Leib spielte. Der verzog jedoch keine Miene. Vermutlich immer noch empört über die Verspätung. Dabei war die Interpretation Beethovens gut, sehr gut - trotz der noch etwas klammen Finger. Den Papageien hätte sie erfreut. Aber vielleicht doch ein wenig zu mechanisch? Ohne genügend Gefühl? Zum Glück erschien Mrs. Eylert als rettender Engel und kündigte ein kleines Mahl an. Was hatte er doch für ein Glück mit dieser Frau!

Die Männer nahmen Platz im Speisezimmer. Suppe. Na, seiner Perle hätte aber auch etwas Originelleres einfallen können. Nicht dass die Suppe nicht schmeckte, bewahre, so etwas gab es gar nicht bei Mrs. Eylert, aber so etwas wirklich Besonderes war das nun eben nicht, diese Mandelcremesuppe. Mr. Lewisham verzog keine Miene. Noch immer nicht. Warum auch? Es war ein Fehler gewesen, Mrs. Eilert den Speiseplan so völlig zu überlassen. Gerade servierte sie den zweiten Gang. Und jetzt traute ihr Arbeitgeber seinen Augen schon gar nicht. Seine Perle hatte es doch tatsächlich gewagt, Schnecken, ganz ordinäre Schnecken, zu servieren! Kein Mensch aß heutzutage mehr Schnecken. Schnecken waren out. Wenn sie wenigstens à la nature zubereitet worden wären! Kein Wunder, dass Mr. Lewisham seinen Teller nicht leerte. Heute schien aber auch alles schiefzugehen! Erst die Verspätung, dann diese Schnecken, zuvor der Beethoven, vermutlich doch zu hastig vorgetragen. Vielleicht mochte Mr. Lewisham ja auch keinen Beethoven. Es war die falsche Wahl. Wie konnte ein Mensch nur so lange herumsitzen, ohne etwas zu sagen, ohne die geringste Andeutung, ein Zwinkern vielleicht, wenigstens ein kurzes Nicken? Aber nein, kein Mienenspiel, keine noch so geringfügige Geste. Das hatte einen Grund. Nie hätte er sich der Hoffnung hingeben sollen, dass ein Mr. Lewisham an ihm auch nur einen Funken echten Interesses bekunden könne. Und jetzt auch noch diese Schnecken!

Mrs. Eylert räumte ab. Servierte kaum später den Hauptgang. Mein Gott! Was sollte das denn? Total verrückt musste sie geworden sein! Täubchen! Er hatte ihr doch ausdrücklich gesagt, dass die nun keinesfalls in Frage kämen. Wie ordinär! Mitten auf der Straße fanden sich Tausende von ihnen. Und dann, wie peinlich, nur ein Exemplar, kitschig drapiert im Gemüsebett. Was hatte sie sich nur dabei gedacht? Mr. Lewisham getraute er sich gar nicht erst anzusehen. Verstohlen fiel sein Blick auf Curt. Warum grinste der denn nun? Schadenfreude? War Mr. Lewisham am ersten Bissen erstickt? Curt griente noch immer. Vorsichtig glitt der Blick des Künstlers von seinem Agenten zu Mr. Lewisham hinüber. Und was er dort sah, war unfassbar. Der Weihnachtsgeist musste in diesen alten Griesgram gefahren sein, denn er strahlte wie ein auf Hochglanz polierter Gänsepopo, ein an Weihnachten erlaubter, wenn auch ziemlich trivialer Vergleich, und - er kaute. Der Gastgeber sah sich veranlasst, nun selbst ein Stück vom Teller zu nehmen, um zu kosten. Nicht zu fassen! Délicieux! Tatsächlich ganz vorzüglich! Ein Bissen - und man schwebte im kulinarischen Himmelreich. Das war etwas ganz Besonderes, aber mit Sicherheit kein Täubchen. Meist war es ja die Sauce, die ein Fleisch zur Delikatesse werden ließ, doch hier: diese zarte, auf der Zunge zergehende Konsistenz, dieser außergewöhnliche Goût, nussig, oder nein, eher mandelig, eigentlich auch nicht. Er hatte so etwas noch nicht gegessen. Und Mr. Lewisham vermutlich auch nicht. Ein paar Bissen genügten durchaus dem Genuss, gar nicht nötig, sich den Bauch vollzuschlagen. Dieses eine Tier reichte, dieses kleine Tier, die Größe etwa wie... Nein, wo war Bellini? Mr. Lewisham nagte schamlos einen Flügel ab. Schlürfte dabei das zarte Fleisch in sich hinein. Nein! Mrs. Eylert! Er würde sie umbringen, massakrieren, ihre Kinder und Enkel schänden! Sein Bellini! Sein geliebter Bellini! Wenn überhaupt, so würden allenfalls die Knochen von ihm übrig bleiben.

Mrs. Eylert betrat das Zimmer. Nur Mr. Lewishams Anwesenheit konnte ihn davon abhalten, ihr sofort an die Kehle zu springen.

"Würden Sie so freundlich sein und die Nachspeise selbst auftragen, Mr. Rothenbaum? Ich

116

muss jetzt wirklich gehen. Leider. Aber die Familie - "

Verpasst! Doch er würde sie noch in dieser Nacht umbringen, diese Person, diese schamlose, diese pietätlose Mörderin!

Mr. Lewisham blieb nicht zum Dessert. Er lächelte, nachdem er seine Stoffserviette säuberlich zusammengefaltet hatte, und verabschiedete sich mit den Worten:

"Ganz exzellent, mein Lieber! Wir sehen uns dann in meinem Büro. Und beste Grüße an Ihre Mrs. Eylert! Wirklich, ganz exzellent!"

Was bildete der sich überhaupt ein? Dieser aufgeblasene Vielfraß! Sein Bellini, den er da gerade verspeist hatte, besaß hundertmal mehr Musikverständnis. Sein armer exzellenter Bellini! Curt verließ zusammen mit Mr. Lewisham das Appartment, nicht ohne ihm noch einmal bedeutungsvoll zugezwinkert zu haben.

Wieder allein, räumte er das Geschirr ab. In der Küche brachte er es nicht übers Herz, die von den Tellern zusammengeklaubten Knöchelchen in den Müllschlucker zu befördern. Während ihm die Tränen über die Wangen flossen und sich seine Brust verkrampfte, legte er das zusammengepuzzelte Gerippe behutsam in eine Schachtel, holte einige der Christrosen aus dem Speisezimmer und drapierte diese sorgfältig darum. Morgen in aller Frühe wollte er den Vogel im Park beerdigen. Und Mrs. Eylert würde er fristlos entlassen, wenn er ihr nicht doch noch in dieser Nacht den Hals umdrehte; später, wenn der Schneeregen vielleicht nachgelassen hätte.

An Schlaf war in dieser Stunde nicht zu denken. Der Verlust des treuen Vogels hatte eine tiefe Wunde gerissen, deren Schmerz einzig der Bechstein noch zu lindern vermochte, sein letzter verbliebener Freund, dem seit dem heutigen Weihnachtsmahl die Versteigerung nun wohl nicht länger mehr drohte. Bellini der Segensreiche! Er setzte sich an den Flügel: Beethoven -

Da, was war das? Ein markerschütterndes Krächzen! Er wendete sich um. Aus dem Augenwinkel sah er hinter sich etwas Grünes auf dem Fußboden ins Zimmer watscheln - und er verspielte sich.

EISBEIN

Wie hatte sie sich auf dieses Fest gefreut. Endlich nach Jahren wieder ein bunt geschmückter Tannenbaum am Fenster, dessen Lichter schon von der Straße aus einluden! Der Duft einer gebratenen Gans, der bereits das Treppenhaus schwängerte! Die alte Weihnachtskrippe vom Großvater auf der Anrichte! Wärme! Einfach nur Wärme nach diesen Jahren der Eiszeit, in denen sie auf all das hatte verzichten müssen. Es war vorbei. Ein Wunder! Nie wieder ein Heiliger Abend im Kreise irgendwelcher entfernten Bekannten, die sich ihrer erbarmten. Nie wieder Dankbarkeit einer regelmäßig alkoholisierten Fünfzigerin gegenüber und deren selbst an diesem Abend den Sportkanal verfolgendem Mann einschließlich auf die Teppichfransen pissendem Kater. Nie wieder Eisbein mit Sauerkraut an Weihnachten! Nie wieder! Und doch war Sonja dankbar gewesen, wenn sie das Ehepaar zum Abendessen eingeladen hatte, denn am Heiligen Abend einsam vor einem Glas Wein und einem Stück kalter Hühnerbrust zu sitzen, dabei zum unzähligen Mal die immer spärlicher ausfallende Weihnachtspost zu lesen, war noch weitaus deprimierender.

Wie hatte sie doch ihre eigene Familie vermisst! Ihre beiden Töchter, die die Bescherung kaum erwarten konnten und nach handfestem Streit um die bunten Päckchen großmütig ihre neuen Spielsachen miteinander teilten. Das war natürlich schon lang her, denn die beiden waren inzwischen verheiratet und lebten im Ausland. Auch an ihren Mann dachte sie; das allerdings eher mit gemischten Gefühlen, wie er voll Stolz den Braten aufgeschnitten hatte. Doch auch das war längst vorbei. Heute servierte er ihn für seine um zahlreiche Jahre jüngere Gattin. Die Scheidung lag ihr noch immer im Magen.

Doch diesmal sollte es anders werden. Nachdem die Patiencen schon lange nicht mehr aufgegangen waren, hatten sich nun Pik-Bube und Herz-Dame zueinander gesellt. Wie war sie doch glücklich, zum ersten Male wieder seit einer Ewigkeit. Und schon Ende November strich sie durch die Geschäfte, um Geschenke auszusuchen, voller Freude, wenn sie den passenden Pullover für ihre Älteste, einen exquisiten Cognac für deren Mann und natürlich die unbekannte Aufnahme von Rachmaninows Klavierkonzert c-moll für ihre Kleine gefunden hatte, die Kleine, die allerdings nur drei Jahre jünger war als deren Schwester. Und vollends glücklich machte sie ihre Entdeckung einer alten Hesseausgabe in einem Antiquariat in der Paul-Robeson-Straße.

Die war für Janek, ihren Romeo, bestimmt, der Hesse über alles liebte.

Ein Glücksfall – diese Annonce vor einem dreiviertel Jahr. Janek hatte eine Anzeige unter der Rubrik *Er sucht sie* in der Wochenzeitung aufgegeben. Und die war so frisch und einladend gewesen, dass sie ihre Hemmungen überwunden und sich darauf gemeldet hatte. Mit der Hilfe ihrer besten Freundin hatte sie ebenso frisch und ein wenig frech geantwortet, ihr Alter dabei um einiges abgerundet. Aber das war üblich bei solchen Anzeigen. Dann gab es ein Date und das junge mittelalterliche Paar war einander, wie sagt man so schön, sofort verfallen. Es war das erste Mal gewesen, dass sie so etwas getan hatte, auf eine solche Annonce hin geschrieben. Ihre Freundin hatte sie dazu gedrängt, denn die konnte nicht länger mit ansehen, wie Sonja appetit- und freudlos durch die Gegend geisterte, Tag für Tag, Monat für Monat, fünf lange Jahre. Das war kein Leben. Janek hatte noch grundschulpflichtige Kinder. Die wohnten allerdings bei seiner von ihm getrennt lebenden Frau. Natürlich würde sie die Kleinen zum Fest kennen lernen, denn Janek würde seine drei Jungen zumindest an einem der Feiertage bei sich haben wollen. Das war selbstverständlich. Mit seiner Frau musste er allerdings noch darüber verhandeln. Das wollte sie gleich nachher am Telefon zur Sprache bringen.

Aber zunächst entdeckte sie noch eine imposant verpackte Schachtel Pralinen mit Marzipanfüllung. Die Lieblingsleckerei von Janek. Natürlich musste sie die kaufen. Nicht so ganz billig. Doch das spielte keine Rolle. Es war Weihnachten. Und sie war glücklich. Für Janeks Kinder wollte sie selbstverständlich auch noch auf die Suche nach etwas Schönem gehen. Dabei würde ihr sicher ihr neuer Schatz helfen. Schließlich hatte sie mit kleinen Jungen keine Erfahrung, freute sich aber unglaublich auf die Kinder, zumal ihre Mädels inzwischen nicht nur erwachsen waren, sondern auch sehr weit weg lebten.

Zu Hause angekommen, kochte sie sich erst einmal einen Kaffee, setzte sich gemütlich in den alten Plüschsessel und genoss bester Stimmung eine der Weihnachtsoblaten, die sie sich mitgebracht hatte. Erst jetzt hatte sie sich dieses Gebäck gestattet, auch wenn es bereits seit Ende August im Handel auf sich aufmerksam machte. Aber Lebkuchen fast noch im Sommer zu essen, wäre ihr pervers vorgekommen. Jetzt jedoch versüßten diese ihr die Vorfreude auf das bevorstehende Fest. Zufrieden packte sie alle ihre Geschenke aus, die die Lieben erhalten sollten, ließ jedes noch einmal durch ihre Hände gleiten, bevor sie die Kaffeetasse zurück in die Küche trug.

Es war Zeit, Janek anzurufen. Schließlich mussten sie ja noch so vieles besprechen, um das Fest diesmal so wunderschön wie nur möglich zu gestalten.

"Hallo, Janek. Ich bin's."

"Schön, dass Du anrufst."

"Ich war einkaufen und ich habe schon einiges fürs Fest besorgt. Aber wir müssen natürlich erst einmal besprechen, wann Du nun eigentlich kommst und was mit den Kindern wird."

"Wieso?"

"Na, man muss sich doch langsam darauf einstellen, Vorbereitungen treffen, auch wenn erst nächste Woche der erste Advent ist."

"Warum?"

"Na, zum Beispiel, was ich alles noch besorgen muss. Und wann Du den Baum kaufst."

"Weshalb sollte ich einen Baum kaufen? Bist Du nicht bei Deinen Bekannten?"

"Natürlich nicht. Wir sind doch bei mir. Wann kommen also die Kinder? Ich bin schon mächtig gespannt auf sie."

"Entschuldige, Liebes! Weihnachten ist ein Familienfest. Da sind die Jungs bei ihrer Mutter, und ich bin selbstverständlich bei meinen Kindern. Ein Familienfest!"

Es war ein trauriger Heiliger Abend. Sie saß am Esstisch und strich lustlos den Senf auf das fette Fleisch, während der Sportbericht gerade vom Nachrichtensprecher unterbrochen wurde, der eine eiskalte Nacht verkündete.

22. Dezember

Geschafft! Gerade rechtzeitig. Nun schnell noch drucken, das Cover drauf, eine Klebebindung, und die Überraschung ist fertig! Das wird sie versöhnen, wenn sie am Heiligen Abend den Grund dafür in Händen halten, dass Omi in letzter Zeit mal nicht mit Anne zum Reitunterricht fahren, den Hund nicht wie üblich übernehmen und kurz ausführen und auch den Anzug nicht schnell noch aus der Reinigung abholen konnte. Das schaffte Verstimmung - gerade im Weihnachtstrubel, aber spätestens, wenn sie mit staunenden Augen Omis Rezepte im eigenhändig verfassten Kochbuch durchblättern, dann, ja dann sind wir wieder eine glückliche Familie! Und auch Gertrud, die mit uns schon so lange feiert, wie sie Witwe ist, wird unseren kleinen Streit vergessen, der sich bloß daran entzündet hatte, dass ich ihre Verbesserungen meiner Rechtschreibung nicht beachten wollte, wo sie doch pensionierte Studienrätin ist. Der weihnachtlichen Harmonie halber habe ich schließlich doch ein paar von ihren roten Anmerkungen berücksichtigt. So kann sie sich als Lektorin fühlen. Was hat sie denn sonst noch? Ich freue mich unbändig auf alle ihre verdutzten Gesichter! Stolz werden sie sein auf ihre alte Dame, die sich nicht nur durch exzellentes Kochen und Backen auszeichnet, sondern auch ganz passabel formulieren und sogar mit dem Computer umgehen kann! Und Omas Familienerbe, einhundert der feinsten Rezepte - bekannt aus Kindertagen und gelobt auf zahlreichen Familienfeiern, soll schon an diesem Weihnachtsfest für meine Lieben unter dem Baum bereitliegen.

6. Januar

Alles kam anders! Es war schrecklich. Eine Katastrophe. Das furchtbarste Weihnachtsfest seit den Feiertagen, als Ute ihre Zahnspange in die Kloschüssel kotzte. War einfach zu viel Punsch! Aber das ist lange her. Heute trägt ihre kleine Anne die Zahnspange. Natürlich nicht dieselbe. Die sitzen heute fest an den Zähnen, diese neuen Zahnspangen.

Alles hatte so gut angefangen. Sicher, beim Gassigehen mit Figaro, den ich mir dann doch noch am 23. morgens geholt hatte, um Ute den Rücken freizuhalten, hätte ich schon aufmerksam werden müssen. Aber ich hielt es für eine geringfügige Verstimmung des Tieres über den recht kurz ausgefallenen Spaziergang. Also setzte ich mich anschließend voller Tatendrang an den Computer, überflog noch einmal die ein oder andere Seite. Von Frank Sinatras *Weißer Weihnacht* und einer dampfenden Tasse Kaffee animiert, fand ich sogar noch einige Fehler, was mir ein gewisses Überlegenheitsgefühl einer Studienrätin gegenüber verschaffte. Und dann ging es los. Im Handumdrehen sollte ein Buch daraus werden. Formatieren nennt man das, was jetzt begann, genau so, wie mir das Rolf im Volkshochschulkurs erklärt hatte. Es war zwar etwas mühsam, aber doch eigentlich gar nicht so schwer. Da hatte Rolf nicht gelogen. Einfach ins Menu (ein mir ohnehin vertrauter Begriff) und die Zahlen eingeben wie die Zutaten zum Rotkohl. Mit dem Maßband in der Hand, das ich mir aus dem Nähkorb hervorgekramt hatte, überlegte ich, was vom Schriftbild freizuhalten war, und dann tippte ich die Zentimeter einfach in die entsprechenden Felder. Linker Rand musste natürlich etwas breiter sein wegen der Bindung (Was für schönen Karton hatte ich doch fürs Cover besorgt! Bordeaurot, fast wie Seide, aber abwaschbar. Das ist wichtig bei einem Kochbuch.), rechter Rand ganz breit, da hier viel abzuschneiden war, oberer Rand wieder breit. O.K. mit der Maus! Niedlich, nicht: der Begriff? Keine Stunde mehr. Fertig! Nun noch die Seitenzahlen. War auch wieder ein Kinderspiel. Geschafft! Am Abend wollte ich drucken und am Vormittag des 24. die Bücher schnell mit dem von Rolf halb vorgefertigten Cover binden (Dieses Bordeaurot war wirklich eine gute Entscheidung.). Dann blieb reichlich Zeit bis zum späten Nachmittag, um den Baum zu schmücken, die Pute zu braten und noch ein paar weitere Geschenke für die Kinder und Gertrud zu verpacken, obwohl das Kochbuch ja diesmal das eigentliche Geschenk sein sollte. Alles kam anders. Ich sagte es bereits.

Am frühen Abend des 23. holte ich das hochweiße Glanzpapier aus dem Schrank, legte es ein in den Drucker, öffnete den Computer und - mich traf der Schlag. Alle Wörter waren verrückt geworden. Mein Computer hatte ein Eigenleben entwickelt. Keine Zeile stimmte mehr. Es war unbegreiflich. Alles total verrückt! Dem Verzweifeln nahe rief ich Rolf an. Ich hatte Glück. Er war zu Hause.

"Bloß keine Panik auf der Titanik! Alles ganz einfach. Trennstriche püfen, einfach nur Trennstriche!"

Ich setzte Trennstriche, löschte andere, und das alte Schriftbild erschien, während sich die Pute in der Küche bereits langweilte. Wunderschön sah es aus, mein Buch! Aber die Schrift? Für diese hervorragenden Rezepte eigentlich viel zu unbedeutend. Vielleicht sollte ich eine passendere Schrifttype wählen. Das ging ja schnell. Und bevor alles gedruckt war und ich mich hinterher ärgerte. Die paar Minuten. Schließlich war *Times New Roman* in der Tat langweilig. Das hatte Rolf ganz richtig angemerkt. Da bot das Programm weitaus Besseres. Vielleicht eine Handschrifttype? Ich klickte die Schriftauswahl an und war entzückt über die vielen Möglichkeiten, die sich mir boten. *Brush Script* - nein, *Colonna* - auch nicht. *Jokerman* war ja vielleicht komisch. Kann kein Mensch was mit anfangen. *Lithos*, *Adobe Ming*, *Bookman Old Style* - nein, ach nein, nein! *Palace Script*! Genau! Die war´s! *Palace Script*. für fürstliche Aufläufe und königliche Schweinebraten. Ich markierte den gesamten Text und setzte ihn in *Palace Script*. Toll! Nur - nein, nicht schon wieder! Wieder war alles verrückt. Aber *Palace Script* eignete sich in der Tat sehr viel besser für ein Geschenk von bleibendem Wert. Also rückte ich in stoischer Gleichmut alle Zeilen wieder zurecht, so wie ich das ja auf Rolfs Anweisung schon einmal getan hatte, drückte auf *Speichern,* dann auf *Schließen* und *Beenden*, stellte die ungeduldige Pute schon einmal in den noch kalten Herd und ging zufrieden, wenn auch ohne mein Tagesziel erreicht zu haben, ins Bett. Es war viertel nach drei.

Und nun am 24. ging es erst richtig los. Fünf vor halb elf wachte ich auf. Ich hatte vergessen, den Wecker zu stellen. Ins Schlafzimmer drang ein bestialischer Gestank. Ich sprang aus dem Bett (jedenfalls soweit es meine Arthritis zuließ), eilte in die Küche (Eigentlich war es klar, die Pute konnte es gar nicht sein, trotz all ihrer Ungeduld.), dann ins Wohnzimmer. Oh Gott! Figaro bemühte sich mir mit eingezogener Rute und schlechtem Gewissen entgegenzukommen - mitten heraus aus seiner Scheiße. Ein paar Kleidungsstücke notdürftig über den Schlafanzug geworfen, schnappte ich mir die Leine und stürmte dem Hund hinterher die Treppen hinunter (na ja, soweit es meine Arthritis eben zuließ). Kaum waren wir vor der Haustür, überkam es ihn schon wieder. Zum Glück gab es einen tierärztlichen Notfalldienst in der Nähe. Wir warteten eine knappe Stunde. Figaro bekam eine Spritze und ich die Zusage, dass es dem Tier bald besser ginge.

Wieder zu Hause hieß uns dieser widerliche Gestank willkommen, der selbst Figaro abschreckte, so dass ich ihn nur mit gutem Zureden zum Betreten der Wohnung veranlassen konnte. An Drucken war jetzt natürlich nicht zu denken. Zunächst mussten die Scheißhaufen auf dem Wohnzimmerteppich beseitigt werden. Es ist schwer zu sagen, wer sich mehr ekelte, der Hund im Gegensatz zu seinen üblichen Gewohnheiten oder ich. Wohlweislich blieb er dem Wohnzimmer fern, während ich heldenhaft mit Löffel und Plastiktüte, Teppichspray und Bürste hantierte.

Gerade fertig wollte ich begreiflicherweise nicht schon wieder den nächsten Zwischenfall riskieren, schnappte mir den Hund und eilte nochmals mit ihm auf die Straße. Fehlalarm! Figaro wollte nur frische Luft schnappen, sich mit den herabfallenden Schneeflocken amüsieren und der platonisch verehrten Dackeldame von gegenüber einen weihnachtlichen Schmuseblick zuwerfen. Es war ein Uhr vorüber.

Als wir die Wohnung betraten, wurden wir noch immer von diesem Gestank empfangen. Dabei hatte ich das absolute Wirkung garantierende Geruchsspray aus der Fernsehwerbung benutzt. So durchforstete ich nochmals meine Vorräte im Badezimmer, kam mit allen Deos zurück, die der Beistellschrank bot, und leerte sie über den ohnehin schon nassen Stellen auf dem Teppich, was Figaro dazu bewog, sich für den Rest des Tages im Schlafzimmer aufzuhalten. Anschließend stellte ich die Beachtung heischende Pute in den Ofen. Es war mittlerweile zwei Uhr.

Noch immer ungewaschen fand ich ein Zeitfenster, um mich endlich an den Computer zu setzen. Nein! Nicht schon wieder! Die Schrift war geblieben: Palace Script, aber das war auch das Einzige. Schon wieder war der gesamte Text verrückt, Seite für Seite! War denn der ganze Computer verrückt? Natürlich war er verrückt! Denn diesmal hatte ich genau, wie Rolf es mir gesagt hatte, die Trennstriche beachtet. Wollte dieser technische Bruder uns das Weihnachtsfest verderben? Waren wir beide einfach nicht kompatibel, dieser Schreibknecht und ich? Oder war ich vielleicht der Knecht? Zu alt für den Fortschritt? Oma, bleib bei deinen Töpfen? Ich überflog alle eingetippten Gerichte noch einmal. Die Trennstriche waren vorhanden. Genau wie es mir Rolf erklärt hatte. Es war nicht zu fassen. Einfach nicht zu fassen. Figaro meldete sich. Wir gingen in Windeseile um den Block. Ohne Ergebnis außer einem knurrenden Schlagabtausch mit dem Foxterrier vom Apotheker. Verfluchtes Vieh! Von nun an sollte auf die Spritze vertraut werden. Ich rief Rolf an. Nicht zu Hause. Was jetzt? So konnte ich das doch nicht drucken! Alles durcheinander und nichts als Mäusefraß an den Rändern! Ich wählte Rolfs Nummer noch einmal. Natürlich nichts. Da blieb nur noch Maxi. Ich musste ihm ja nicht sagen, dass es das Weihnachtsgeschenk für die ganze Familie werden sollte. Ich hatte Glück. Mein technisch begabter Enkelsohn war da. Leerzeichen überprüfen, war sein fachmännischer Tipp. Das sich anschließende Gespräch mit meiner Tochter Ute war weniger glücklich verlaufen. Sie hatte in ihre Planung einbezogen, mir die kleine Anne schon vor der gemeinsamen Feier vorbeizubringen. Ich lehnte ab, musste ablehnen. Und meine Bitte, ob Maxi nicht bis zum Abend Figaro nehmen könne, lehnte sie dann ab, kategorisch. Es war ein sehr kurzes Telefonat. Doch es klappte. Dank Maxi bekam ich den Text wieder hin. In Palace Script! Es sah wundervoll aus und es war vier Uhr durch. Speichern! Drucken konnte ich später. Zuerst der Baum. Oder vielleicht doch entgegen allen Vorsätzen noch einmal der Hund? Ich entschied mich bei dem nur geringfügig vom Bratenduft aus der Küche gemilderten Gestank für Figaro. Eine Runde! Und dann der Baum.

Es ging auf fünf. Der Baum war im Ständer, die elektrischen Kerzen lagen in Griffweite. Ebenso die Kisten mit den Weihnachtskugeln. Die Pute duftete versöhnt. Auch der Hundescheißegeruch war nicht mehr ganz so penetrant. Das Tannennadelspray aus der Weihnachtskiste hatte sich als nützlich erwiesen. Noch einmal ordnete ich das Papier im Drucker. Und nun: der feierliche Augenblick! Mein Herz jagte. Ich drückte auf das entsprechende Symbol. Nichts. Der Drucker blinkte. Nicht schon wieder! Alles schließen! Neu öffnen! Drucker an! Blinken. Sonst nichts. Verdammt! Patrone leer. Maxi! Ich erwischte ihn, ohne dass meine Tochter zuerst ans Telefon ging. Und Maxi war tatsächlich meine Rettung. Mit einer noch ungeöffneten Patrone kam er herüber, legte sie mir sogar ein in den Druckerschlitten, was ich nun wirklich selbst konnte, überprüfte, ob sie ging, und wäre gern schon geblieben bei dem Stress, den seine

Mutter zu Hause veranstaltete. So gerufen, wie er mir kam, und so lieb ich ihn hatte, bei meinem Vorhaben konnte ich ihn jetzt gerade nicht länger brauchen. Maxi war beleidigt. Manchmal erinnert er mich ungemein an Ute. Aber ich konnte ihm ja nicht einmal erklären, weshalb ich für die nächsten viel zu knapp bemessenen zwei Stündchen allein sein musste. Und nicht einmal mit ein paar selbstgebackenen Keksen konnte ich ihn vertrösten. Die fielen in diesem Jahr aufgrund meiner Autoren-Tätigkeit nämlich aus. Der Mohr ging - mit einem Zehner plus der Summe für die Patrone.

Jetzt endlich! Ich stapelte das Druckerpapier noch einmal gleichmäßig. Knopfdruck! Taste! Die ersten Blätter erschienen. Überglücklich hörte ich das Geräusch. Ließ ihn allein, meinen tapferen Arbeitsgefährten, um einen kurzen Blick in den Kleiderschrank zu werfen. Der Samtrock, den ich Gertrud fürs Theater geborgt hatte, hing an seinem Platz. Ich war beruhigt. Umso entsetzter war ich bei meiner Rückkehr, als ich die gedruckten Blätter zur Hand nahm. Wieder war alles verrutscht. Und das nicht allein. Auch das eingestellte Seitenlayout hatte nicht mehr das mindeste mit dem meiner Vorstellung zu tun. Figaro jaulte. Die Pute roch beleidigt. Die Lichterkette lag noch immer samt Kugeln neben der Tanne. Warum hatte ich Maxi denn nicht gesagt, er könne dableiben und den Baum

134

schmücken? Figaro jaulte immer fürchterlicher. Ich ahnte Schlimmes, gab dem Jaulen nach. Eine kurze erfolgreiche Runde um den Block.

Beim Wiederbetreten der Wohnung stank uns die Pute entgegen. Mein erster Weg galt der Küche. Oh, nein! Es war kaum mehr eine Stunde. Meine Überraschung! Schnell! Wenigstens ein Exemplar! Ich eilte zum Computer, öffnete die Datei. In Windeseile überlas ich, korrigierte die schlimmsten Verschiebungen. Dann in Seitenlayout. Komisch, die Zahlen stimmten. Also nochmals Druck! Nur ein Exemplar! Liebes Christkind, nur das eine! Ich legte mir Umschlagpapier und Schere zurecht. Das Cover war natürlich nicht fertig. Rolf hatte schließlich nur das Bild draufgedruckt. Text sollte ich selber. Aber wann? Macht nichts. Nur schnell mein Name in 30er-Schrift. Verdammt! Der Computer war im Einvernehmen mit seinem Compagnon natürlich mit Drucken beschäftigt. Eine halbe Stunde, bis die Kinder kamen! In die Küche. Die Pute landete unter Protest im Mülleimer, das Bratenfett unter dem Küchenschrank. Notdürftig wischte ich die Überreste vom Boden. Figaro guckte um die Ecke. Das Druckergeräusch war noch immer zu hören. Also Geschenkpapier. Die Geschenke! Wo war das Papier? Der Tisch! Erst mal der Tisch! Eine Decke, beliebig, die erste im Schrank. Der Drucker war still. Ich atmete durch. Jetzt! Ein

Exemplar! Noch schnell das Cover. Der Drucker blinkte. Error! Es klingelte. Figaro jaulte.

Heute kamen die Kinder. Sie luden mich zu einem Versöhnungsessen beim Chinesen ein. Gertrud auch. Figaro hatte noch immer eine leichte Verstimmung. Ute entschuldigte sich. Maxi versprach mir, sich zusammen mit seinem Freund Mario mal den Computer anzusehen. Und nach der Peking-Ente, die mindestens eine weitere Viertelstunde im Ofen hätte verweilen müssen, überreichte mir Anne ein noch nachträgliches Weihnachtsgeschenk: zwei Premierenkarten für Pawlichs Komödie *Tempus fugit* und einen wunderschönen bordeauroten Füller mit Goldfeder.

Du hast Deine Sekretärin gevögelt, während Deine Frau mit dem Pichelsteiner Eintopf auf Dich gewartet hat, hast das Meerschwein der Kinder im Hof ausgesetzt und bist bei Rot über die Ampel gefahren. Da kannst Du doch nicht im Ernst glauben, dass es eine Geschichte gibt.

CHRISTMETTE

Sie hatte sich kuschelig zusammengerollt auf ihrem weichen Wolkenbett und beobachtete das Treiben der Schneeflocken, das soeben einsetzte, gerade richtig zum Weihnachtstage. Ihr Leben war kein Gorgonzolaschlecken gewesen, weiß Gott nicht, doch jetzt fühlte sie sich so recht behaglich und dankbar, ja dankbar. Keiner aus ihrem Wurf hatte überlebt. Keinem war es je gut gegangen. Weihnachten? Dieses Fest hatte keine Bedeutung für sie. Warum auch? Es waren Tage wie alle anderen. Tage des Stumpfsinns, der Aggression, der Panik. Doch heute war da ein Gefühl ganz tief in ihrem Innersten, ein nie gekanntes, immer nur geahntes Gefühl von Wärme. Nicht das der unerträglichen Hitze, wie es in ihr unzählige Male aufgestiegen war, nein, einer höchst angenehmen Wärme, welche immer mehr anschwoll, je stärker das Schneetreiben zunahm, welche sich ausdehnte weit über sie hinaus bis hin zu einer Person, der ihre Dankbarkeit galt. War dieses Fest nicht dazu da, an andere zu denken, sich ihnen verbunden zu fühlen, ihnen das Beste im Leben zu wünschen, alles das, was man vielleicht selbst immer ersehnt und doch nie bekommen hatte? Und so jemanden gab es für sie, so jemanden, an den sie die ganze Zeit voller Wärme und Dankbarkeit dachte, obwohl sie ihn noch nie in ihrem Leben gesehen, lediglich dessen leise Stimme nicht einmal gehört, sondern nur erahnt hatte.

Jula Malkowsky war der Name dieser Frau, der sie sich auf eine derartige Weise verbunden fühlte. Während sie selbst es sich in ihrem Wolkenbett gemütlich machte, war Jula mit Sicherheit diesem ganzen Weihnachtsstress ausgeliefert. Unverständlich war ihr dieser Trubel. Natürlich, ein gutes Essen würde auch sie zu schätzen wissen, zumal sie ein richtig gutes Essen niemals vorgesetzt bekommen hatte. Aber dann war da zum Beispiel diese merkwürdige, haarsträubende Geschichte, um die sich die Weihnachtstage rankten, die eigentlich kein Wesen, das bei Verstande war, ernst nehmen konnte. Bestimmt würde Jula heute zur Messe in die Kirche gehen, um sich diesen Quatsch wie jedes Jahr von neuem anzuhören. Jesus, zu dieser Jahreszeit ein niedliches Kind in der Krippe! Menschen schliefen nicht in einer Krippe, abgesehen davon, dass derartige hölzerne Futterbehälter längst aus hygienischen Gründen abgeschafft worden waren. Und dann entwickelte sich dieses Krippenkind wundersamerweise auch noch zum großen Weltenrichter und Sündenvergeber! Welch hahnebüchender Unsinn! Sünden. Das erinnerte sie an Julas Mann. Wie viele dieser Sünden hatte er heute schon begangen?

Wie viele waren es in der letzten Woche? Wie viele in den letzten Jahren? Und alle seine unzähligen gegen die Natur begangenen Sünden sollte dieser den Windeln entwachsene vermeintliche Gottessohn vergeben? Was für ein Gott!

Julas Mann ging mit Sicherheit auch in die Kirche, nachdem er vor dem Kaffee und nach der Pute den Weihnachtspudding genossen, den Wirtschaftsteil der Zeitung durchgeblättert und den Kindern die Geschenke überreicht hatte. Eine der Hauptattraktionen unter dem Baum war diesmal eine kleine Roboterkatze gewesen, die nicht nur springen und naturgetreu miauen, sondern auch fressen und pinkeln konnte. Die Familie liebte Tiere. Im Kreise seiner ihn nicht ausschließlich wegen der Geschenke anhimmelnden Kinder genoss Herr Malkowsky den Gottesdienst in der Kirche. Genoss ihn, denn er war dieser Gott, der sich heuchlerisch einem anderen Gotte unterordnete - hier in der Kirche am Weihnachtstage. Er wusste, dass er Gott war, Jula fühlte es seit dem ersten Tag ihrer zwölf Jahre währenden Ehe und die Kinder waren fest davon überzeugt. Ihr Vater war Gott. Aber sein Sohn, der stolz neben ihm auf der Kirchenbank das Lied 25, Vers 1 und 3 schmetterte, hieß Markus, nicht Jesus. Markus war Gottes Sohn, der Sohn des Gottes, dem Jesus die Sünden vergab. Jetzt saß Gott da in der zweiten Reihe, strich väterlich seinem Markus über das Haar und lächelte dem

Nachbarn neben sich auf der Bank zu, während er verstohlen an seinem rechten Hosenbein den linken Schuh polierte. Der Glanz der Schuhe musste makellos sein, wenn man mit ihnen durch den Schnee stapfte, wenn man mit ihnen die Treppen hinaufstieg, wenn man sich über sie die Gummischuhe streifte, bevor man den Sicherheitstrakt betrat.

Im Labor wussten alle, dass Professor Dr. Malkowsky Gott war. Er war es, der darüber zu entscheiden hatte, wer welche Medikamente bekam, wem diese schrecklich schmerzhaften Injektionen verabreicht wurden, wer abends als verbraucht einzustufen war und aus der Mühle der Empirie ausschied. Und er bestimmte auch, wer in die Langzeittortour kam, wessen schmerzhafte Schreie ignoriert wurden, bis er sie selber ignorierte, während ein weiß angezogener Mitarbeiter diese Schmerzen regungslos beobachtete, immer den Zeiger einer großen Uhr im Blickfeld, um sie präzise protokollieren zu können. Gott schuf die Lebewesen, machte sie krank und nahm ihnen das Leben. Allen, die sie je gekannt hatte. Und dann ging Gott in die Kirche und ließ sich die Sünden vergeben. Mit Vornamen hieß Gott Franz. Franziskus sprach mit den Vögeln. Worüber eigentlich? Aber vermutlich war auch das nur eines dieser Märchen.

Zurück zu Gottes Frau. Jula war klein, dick, zu allen meist freundlich, und sie war ihr

Schicksal. Jula war es gewesen, die am letzten Weihnachtsfest im Labor gegen Mittag angerufen hatte, gerade als Gott dabei gewesen war, sich die bereit liegenden Gummihandschuhe überzuziehen, um schnell noch die neue Versuchsreihe zu starten. Nur allzu deutlich erinnerte sie sich:

Das weiße Fell aller Ratten war bereits mit einem schwarzen Marker beschriftet worden. Auch ihr Fell trug eine Nummer. Eigentlich hätte sie gerne Frieda geheißen, aber sie hatte keinen Namen. Ab da hatte sie eine Nummer. Sie war 27punkt1. Angst hatte sie, als die Handschuhe sie ergriffen, diese Gummihandschuhe. Panische Angst. Solche Angst, dass sie sogar über diese Handschuhe, die Handschuhe Gottes, gepinkelt hatte. Vor sich, noch auf dem Labortisch sah sie die große Spritze liegen, die in sie eindringen sollte. Sie wusste, dass sie für den LD-50 vorgesehen war, letale Dosis, das hieß Tod nach stundenlangen, vielleicht tagelangen Krämpfen, so wie sie es bei den anderen Tieren bereits gesehen hatte. Aber noch schlimmer war das schrille Quietschen. Bald würde sie auch so quietschen. Bald würde sie sich ebenso winden, weil Gott es wollte. Und da klingelte das Telefon. Gott ließ die Nummer 27punkt1 zurück in den Käfig fallen. Der Gummihandschuh hob den Hörer ab. Dann erklang Gottes verärgerte Stimme. Immer wieder setzte er an zu erklären, wie ungelegen diese Störung käme, wie wichtig sein

Werk sei. Gottes Aufgabe war es schließlich, Tag und Nacht am Wohlergehen der Menschheit zu arbeiten. Und immer wieder vernahm sie ein an Entschiedenheit abnehmendes "Aber -", dem eine längere Pause folgte. Die Spritze lag noch unaufgezogen neben der Flasche mit dem Serum. Schließlich hörte sie Gott seufzen:

"Na schön, Jula, ich komme. Du hättest Direktor Hiller und seine Frau wirklich nicht schon zum Kaffee einladen sollen."

Jula! Jula war ihre Retterin! Jula hatte sie vor der Todesspritze bewahrt, vor den Qualen, dem Quietschen, den inneren Blutungen, dem Wahnsinn! Gott ging.

In dieser heiligen Weihnachtsnacht des letzten Jahres hatte sie beschlossen, sich Gott zu entziehen. Und sie hatte einfach allen Gesetzen zum Trotz aufgehört zu atmen. Als Gott am nächsten Morgen ins Labor gekommen war, denn er arbeitete auch am zweiten Feiertag zum Wohle der Menschheit, war die Nummer 27punkt1 nicht mehr für dessen Gemeinde vorhanden gewesen. 27punkt1 hatte nie an Gott geglaubt.

Und jetzt blickte sie hinunter von ihrem Wolkenbett auf die mit großzügigen Spenden einer Pharmafirma errichtete Kirche. Es hatte zu schneien aufgehört. Jula saß neben Gott und Gottes Sohn auf der zweiten Bank schräg vor dem Altar. Sie war abwesend, denn immer wieder huschte eine kleine weiße Ratte mit roten Augen durch ihre Gedanken. Als Gott seine Frau mit mildem Tadel anwies, in den Lobgesang einzustimmen, entfuhr ihr nur ein leises: "Entschuldige - ". Sie wollte seinen Vornamen hinzufügen, aber es schien, als ob sie Gottes Vornamen vergessen hätte.

LAZY CHRISTMAS AFTERNOON

24. Dezember: *Verstehen Sie Spaß? Schwarzes Leder - heißes Blut. Seien Sie ehrlich! Talg oder Talk? Brust oder Keule? Space. Wir warten aufs Christkind. Promi life, Teil 3. Hör mal, wer da rülpst!* Er klappte die Fernsehzeitung wieder zu.

Vielleicht in die Videothek, später? Mal sehen. Fiel gut: der 24. Ein Sonntag. Montag dann der Erste. Dienstag: zweiter Feiertag. Mittwoch, na ja, würde nicht sonderlich viel stattfinden; müsste man sich erholen. Donnerstag: fast wieder Wochenende. Vielleicht doch in die Videothek? Zu stressig. Ohnehin schon alles stressig so an Weihnachten. Doof, dass fast alles zu hatte. Scheiß Kleinstadt! Blieb nur Telefon - oder Netz.

Das war das Stichwort. Er stellte seine angebrochene Flasche neben dem Bett ab, drehte die Stereoanlage lauter und begab sich ins Nebenzimmer, dorthin, wo auf einem Rollwagen der Computer stand. Taste - Passwort - Klick - Klick - Adresse - Passwort - Klick - Scheiße: abgestürzt! - Taste - Passwort - Klick - Klick - Adresse - Passwort - Klick - Klick - Klick - Klick - *"frohe weihnacht. DEINE TANJA. Herzchen. Herzchen. Herzchen."* - Klick - *"happy x-mas. dein Jo. Smilie"* - Klick - Klick - Klick - Klick - *"frohe weihnacht und ein glückliches jahr. Onkel Peter"* - Klick - *"happy x-mas. Johannes"* - Klick - Klick - Klick - Klick - *"happy x-mas. Claus"* - Klick *"happy x-mas. Jo"* - Klick - Klick - Klick - Klick - Klick - Klick - Klick - Klick - Klick - Klick - Klick - Klick - Klick - Klick. - So, erledigt! Nur 34 Klicks und alle Weihnachtsgrüße mit denen, die noch immer lieber e-mailten, waren ausgetauscht.

Während der Computer herunterfuhr, fiel sein Blick auf das Ikea-Tischchen ihm gegenüber. Verdammt! Die Karte von Mutter. Die hatte er nun völlig vergessen. Er erhob sich und nahm sie vom Tisch. Ein Reh im Schnee - mit Glimmer! Früher hatte Mutter ihm sogar Karten aus dieser geriffelten Plastikfolie geschickt, solche, bei denen sich die Figuren bewegten, wenn man sie hin- und herwendete. Mit Micky zu Weihnacht und Vögeln. Mist, dass Tanja Weihnachten bei ihrer Familie feiern wollte! Sie hätten es sich so geil machen können. Vorher 'ne Pizza mit 'ner roten Kerze, oder auch vier. Hätte er alles besorgen können im Supermarkt um die Ecke. Auch Eis. Zum Nachtisch. Und 'ne Flasche Rotkäppchen. Aber sie wollte partout zu Hause feiern. Stinköde mit den Alten. Doch sie war nicht davon abzubringen gewesen. Na, selber schuld, wenn sie sich jetzt den Arsch platt saß.

Das Reh hielt er noch immer in der Hand. Typisch Mutter! Mit Glimmer. Er drehte die Karte um: "Frohe Weihnacht und ein glückliches Neues

146

Jahr für Dich, mein Schatz! Kuss! Beate".
Komisch, was das nun wieder sollte? Kuss. Er
konnte sich nicht daran erinnern, dass sie ihn
auch nur einmal geküsst hätte, früher. Geküsst
hatte sie immer nur ihre in stetiger Regelmäßig-
keit wechselnden Lebensabschnittspartner, wobei
die Lebensabschnitte selten länger als sechs Wochen dauerten. Komische Typen, doch nie richtig
unsympathisch, auch nicht so richtig sympa-
thisch, wenn er ehrlich sein sollte, aber verträg-
lich. Ständig auf ein gutes Verhältnis bedacht zu
ihm, dem Sohn. Albert gab ihm sogar jedes Mal
einen Hunni, wenn er wieder ging, den ihm seine
Mutter dann immer abnahm: fürs Sparschwein!
Seltsamerweise wurde das damals nie richtig voll.
Erst sehr viel später hatte er den Zusammenhang
begriffen. Er war ja auch immer schon ungewöhnlich groß gewesen für sein Alter. Mutter
hatte manchmal vor ihren Freundinnen mit ihm
angegeben. "Mein Großer." Und dabei hatte sie
ihn jedes Mal ganz fest an sich gezogen, so dass
ihm fast die Luft weggeblieben war. Aber geküsst
hatte sie ihn nie. Wäre ihm auch widerlich, wenn
er es so recht bedachte. Er legte die Karte wieder
auf den Tisch und ging zurück ins Schlafzimmer,
wo er über die auf dem Boden abgestellte Mineralwasserflasche stolperte.

Zum Glück lag das Smartphone in einiger
Entfernung, so dass es von der sprudelnden
Flüssigkeit verschont blieb, die sich weitläufig

über den Teppich ergoss. Er verwählte sich. Tippte die Zahlen noch einmal neu ein.

"Tut. Tut. Tut. Tut. Tut. Sie haben den Anschluss von Beate gewählt. Leider bin ich nicht zu Hause. Versuchen Sie es doch später!"

Es später zu versuchen, hatte er nun überhaupt keinen Bock mehr. Warum konnte sie auch nicht wie jeder vernünftige Mensch ans Phone gehen, wenn sie nicht zu Hause war? Oder Whatsapp schauen? Wie oft hatte er ihr schon erklärt, wie praktisch so etwas sei. Hatte sie einfach keinen Sinn für. Er legte das Smartphone aufs Bett, drehte die Stereoanlage noch weiter auf. Trash Metal: *Dying In Your Arms*. War echt geil. Konnte man alles bei vergessen. Die inzwischen leere Wasserflasche vergaß er allerdings beim Verlassen des Zimmers dann doch nicht. Der Teppich würde schon irgendwann von allein trocknen.

In der Küche türmte sich noch immer der Abwasch vom letzten Chillen mit den Kumpels. Ein paar Becher und Bretter waren hinzugekommen. Jetzt war natürlich keine Zeit dazu. Schließlich war Heilig Abend. Aber die leeren Flaschen sortierte er dann doch zusammen in eine Ecke des Raumes, in der bereits die leere Mineralwasserflasche ihren Platz gefunden hatte. Runter tragen konnte er das alles ein anderes Mal. Bestimmt würde es Tanja tun, wenn sie morgen oder übermorgen hereinschauen würde.

Vielleicht auch den Abwasch. Er könnte es sich von ihr als so eine Art Weihnachtsgeschenk wünschen, falls sie von selbst nicht darauf käme. Aber vermutlich hätte sie ja ein Geschenk. Sie schenkte ihm immer etwas. Eigentlich ein Superweib, megageil, so verglichen mit anderen. Nie war sie sauer, wenn er ihr nichts schenkte. Auch diesmal hatte er kein Geschenk für sie. Natürlich nicht. War ein Prinzip. Schließlich völlig abartig, diese blöde Schenkerei. Alles nur Konsumterror. Davon ließ er sich jedenfalls nicht manipulieren. Aber Tanja hatte bestimmt was für ihn. Er sollte Beate den Abwasch machen lassen, falls sie ja doch noch an Weihnachten vorbeikommen würde. Wäre irgendwie gerechter. Immerhin hatte sie die gleichen Vorstellungen wie er. Sie brachte auch nie Geschenke an, reichte immer nur ein Kuvert rüber. Aber darauf hatte er Anspruch. Schließlich war sie seine Mutter. Ob sie allerdings kommen würde, war unsicher. Vielleicht doch lieber Tanja, obwohl das eigentlich ungerecht war.

Mit einer weiteren Flasche Wasser versorgt - für Bier war es einfach zu früh, das trank er nie, bevor es dunkel war (so gegen vier im Winter) - zog er erneut zu seinem Computer, allerdings nicht ohne zuvor noch einmal das Phone zu holen und Mutters Nummer zu wählen. Das war dann aber das letzte Mal.

"Tut. Tut. Tut. Tut. Tut. Sie haben den Anschluss von Beate... "

Er drückte auf das Break-Symbol. Hatte sie eben Pech. Versucht hatte er es schließlich. Warum war sie auch nicht zu Hause. An Heilig Abend. Da konnte man schon erwarten, dass jemand zu Hause war, zumal eine Mutter. Wenigstens Bescheid hätte sie sagen können, wenn sie schon nicht zu Hause war. Aber so war das ja immer. Wenn man sie brauchte, war sie nicht da. Dabei wäre heute wirklich eine gute Gelegenheit gewesen, den Abwasch zu machen. Also dann eben nicht.

Noch während er das Phone beiseite legte, schaltete er den Computer an. Unmöglich, ins Internet reinzukommen. Fünfmal, sechsmal, siebenmal klickte er *Wiederholen* an, aber kein Reinkommen. Konnte doch nicht sein! Unmöglich, dass heute jeder verdammte Arsch im Web sein sollte! Als ob es an so einem Tag nichts anderes zu erledigen gäbe. Verärgert brach er ab und legte eine CD ein, die er vor einigen Tagen im Briefkasten vorgefunden hatte: Werbung für exklusive Unterwäsche. Na, er konnte sich schon denken, wie dort geworben wurde. Aber wenn schon nicht Internet, dann eben ein paar Weiber in Strapsen. Mit Sicherheit Rot oder Schwarz. Schwarz war besser. Oder doch Rot - so an Weihnachten? Tanja lief nie in Strapsen rum. Schade! Vielleicht hätte er ja doch, auch wenn Geschenke an Weihnachten unangebracht waren, aber sie hätte sich sicher gefreut. Vielleicht würde ja auch Mutter ein paar übrig haben. Sollte er es noch einmal versuchen, sie zu erreichen? Nein, nein, nein! Sollte sie doch allein bleiben, allein ihren Rotwein trinken, allein ihre dämliche Sitcom sehen, allein sich das Badewasser einlassen! Bestimmt war sie gar nicht allein. Dann würde sie ohnehin nicht kommen.

Leicht irritiert nahm er wahr, dass vor ihm auf dem Computerbildschirm gar keine halbnackten Weiber auftauchten. Auch keine Soft-Musik ließ sich ausmachen, obwohl er bei dem Techno aus dem Nebenzimmer den Computerton nur äußerst schwach wahrnehmen konnte. Er ging ins Schlafzimmer, stellte die Stereoanlage aus und begab sich zurück zum Computer.

Aus dem Monitor schaute ihm ein dicker weißbärtiger Bilderbuchweihnachtsmann entgegen inmitten vieler golden glitzernder Päckchen. Und aus den in ihrer Qualität nicht sonderlich überzeugenden Lautsprechern erklang es: "Ho, ho, ho!", bevor das Geplingel von *Jingle bells* ertönte. Der Weihnachtsmann wandte sich noch einmal um zu seinem Schlitten, der natürlich von diesem dämlichen rotnasigen Rentier gezogen wurde, und holte ein weiteres Päckchen hervor. Dann blickte er erneut seinem Betrachter in die Augen und fragte mit tiefer Stimme:

"Ratet doch einmal, was ich hier habe?"

Was für eine Frage! Aber statt halbnackter Weiber in Strapsen erschienen lauter adrett angezogene Mädels mit gebürsteten Locken. Aus ihren rosigen Mündern plingelte es:

"Oh, lieber Santa, doch nicht etwa die schöne mollige Skiunterwäsche, die wir uns schon so lange wünschen?"

Ein Bild von langen Skiunterhosen und langärmeligen Skihemden in Pink, Mint und Eidottergelb erschien mit der dazugehörigen Preisangabe von nur 69 Euro 50 im aufblitzenden Stern darüber, begleitet von zarten Stimmchen, die:

"Oh, lieber Santa, wie wundervoll!", juchzten. Dann wieder in dunklem Bass:

"Jetzt muss ich aber weiter.", und man sah Santa durch den Schnee stapfen und stapfen und stapfen, durch den dichten Wald, bis zu einer Lichtung, wo sich eine kleine armselige Hütte fand, die vom Strahl eines hellen Sternes - ohne Preisangabe - erleuchtet wurde. Und Santa stapfte natürlich weiter mit seinen Päckchen und stapfte und stapfte, und öffnete die windschiefe Holztür - *Knarr!* - und stand inmitten von Kuh und Esel und vier Männern, von denen drei auffällig gut gekleidet waren. Ihnen zu Füßen fand sich ein Häufllein Stroh, aus dem ihn ein pausbäckiges Baby anstrahlte:

"Sannah!"

"Wo ist denn deine Mutti, mein Kleiner?"

"Winneln-neln...", gab das Kleine zur Antwort. Einer der Herren übersetzte, dass die Mama unterwegs sei, Babykleidung zu kaufen, offensichtlich erfolglos, da man sie bereits vor Stunden schon zurück erwartet hätte. Und da, welch Wunder, das pausbäckige Baby strahlte noch intensiver, und der weniger gut gekleidete Herr strahlte, und die Herren in ihren Designeranzügen strahlten ebenfalls, alles strahlte, sogar Ochs und Esel strahlten, denn da hatte Santa begonnen, die Päckchen auszupacken. Welche Überraschung! Neben Unterjäckchen, Unterhöschen, Strümpflein kamen auch noch lauter wunderhübsche kleine Gummiwindelhöschen in Bleu und Rosé hervor. Noch bevor der zweite Takt von *Jingle bells* zusammen mit der Preisliste erschien, drückte Jo die Break-Taste. So ein Scheiß! Wer kauft denn an Weihnachten Gummiwindelhosen?

Inzwischen war es dunkel geworden. Bierzeit. Sollte er vielleicht doch noch vorher einmal Mutter... Nein! Er verwarf den Gedanken. Aber den Pizza-Service, den konnte er anrufen. Eine Mista mit viel Zwiebeln konnte er jetzt vertragen. Er tippte die Nummer aufs Display. Doch nichts tat sich, nicht einmal ein Besetztzeichen. Er versuchte es ein weiteres Mal, aber wieder nichts. Wo waren diese verdammten Italiener heute bloß? Unter derselben Nummer hatte er schon dutzendmal Pizza bestellt. Aber diesmal tat sich rein gar nichts. Plötzlich ging ihm ein Licht auf.

Natürlich! Die arbeiteten überhaupt nicht an so einem Tag. Natürlich nicht. Waren doch alle streng gläubig, diese Katholen. Faule Bande! Also tippte er die Nummer vom Chinesen ein. Und hier hatte er selbstverständlich Glück, denn auch wenn ihnen nicht zu trauen war, diesen Asiaten mit ihrem ständigen Grinsen, fleißig waren sie, das musste man ihnen lassen. Auch an Weihnachten. Also bestellte er Nummer 24, ohne genau zu wissen, was es war. War ja auch egal, schmeckte ohnehin alles gleich. Und zwei Bier natürlich.

"Und frohe Weihnachten natürlich - und ein glückliches neues Jahr!"

Daraufhin begab er sich in Warteposition. Streckte sich aus mitten auf seinem Bett. War doch eigentlich ein angenehmer Tag. Und dann kamen noch zwei weitere ohne Arbeit. Nur schade, dass Tanja heute nicht kommen würde. Oder wenigstens Mutter. Da! Was sollte das denn? Das war ja wohl - das war ja nicht zu fassen! Über ihm! Nicht zu fassen! *Oh Tannenbaum!* Konnten die denn überhaupt keine Rücksicht nehmen? Von wegen Zimmerlautstärke! Und dann auch noch ausgerechnet: *Oh Tannenbaum!* Völlig bescheuert! *Jingle bells* war schon eine Zumutung, aber das! Über seinem Schlafzimmer! Rücksichtslose Bande! Er klopfte mit der Faust an die Wand. Nichts. Er brüllte:"Ruhe!" Nichts. Er holte aus der Küche einen Besen und knallte den Stiel gegen die Decke. Keine Reaktion. Dann stellte er die Stereoanlage an. *Silence In The Snow* (natürlich auch von Trivium) übertönte alle grünen Blätter. Aber eigentlich war ihm im Augenblick gar nicht nach Techno, allerdings auch nicht nach Tannenbaum. Somit drehte er vorsichtig die Lautstärke seiner eigenen Musik herunter, wieder ein bisschen herauf und wieder herunter. Oh, Wunder! Das Tannenbaumgejaule war einer angenehm dunklen Stille gewichen. Er hatte Hunger. Es klingelte. Na, prima! Auf die Chinesen war Verlass.

Barfuß und noch immer in Unterhosen hüpfte er vom Bett aus mitten hinein in die klietsch-nasse Pfütze auf dem Teppich, um sich kurz danach mit einem Hechtsprung und mehreren Flüchen auf dem Flur wiederzufinden. Er riss die Wohnungstür auf und vor ihm - Oh Wunder!: nicht der Chinese mit seinem Alupäckchen, auch nicht Mutter mit einem Kuvert und auch nicht Santa mit den Gummiwindelhosen, nein, Tanja stand vor ihm, lächelnd wie das Christkind höchst persönlich, ein rot verpacktes Geschenk in der einen Hand, einen Zweig Tannengrün in der anderen. Er konnte es nicht fassen. Sie hatte doch Heilig Abend vor in Familie, aber nun war sie, nun war sie da, Wahnsinn, sie war da! Er fiel ihr um den Hals und umarmte sie so fest, dass sie kaum Luft bekam.

"Frohe Weihnachten!" Zwischen zwei ausgedehnten Küssen entfuhr es ihr lachend:

"Bist du jetzt völlig übergeschnappt?"

"Aber du wolltest doch nicht kommen."

"Ich habe auch nur 'ne knappe Stunde."

"Na dann aber schnell!"

Beim Erstürmen des Schlafzimmers glitten Tannenzweig und das unausgepackte Geschenk zu Boden. Und während er schon vom Bett aus an ihren Beinen - "Ih, warum ist das denn so nass hier?" - empor sah, beschloss er:"Nächstes Weihnachten schenke ich ihr doch Strapse!"

POLONAISE

 Weg! Bloß raus hier! Bruno hatte es satt: dieses Eingepferchtsein in lächelnde Konventionen, dieses "Sei doch bitte einmal so lieb!", diese unverbindlichen Höflichkeiten in einer deutschen Kleinstadt namens Bielefeld, was schon zwangsläufig Assoziationen an Biedermeier erwecken musste. Eine nette spießige Beschaulichkeit, hinter der ein auf allen lastender immenser Druck lauerte. Der Druck, ein angepasster Sohn zu sein, ein großer Bruder mit kleinem Latinum, ein zuverlässiger Freund, mit dem man am Wochenende in der Disco Koks vertiggte. Das Abi war verkackt. Nach den vermasselten Klausuren brauchte er gar nicht erst anzutreten. Zum Glück hatte er den alten VW schon vorher gekriegt, sein Ticket heraus aus der Enge in die große weite Welt, jedenfalls erst mal bis zur griechischen Grenze, denn dort war der Kasten liegen geblieben. Mit dem Schrottwert musste es dann per Bahn in den fernen Osten weitergehen.

Und so fand er sich gerade inmitten des hupenden Motorradgewirrs auf dem Nguyen Hue Boulevard wieder. Saigon oder Ho Chi Minh City, 34 Grad, schwül, immer mal ein warmer Regenschauer und kleine Menschen über kleine Menschen, alle in Eile und keinesfalls in der ihnen nachgesagten asiatischen Gelassenheit. Nur ab und an einige einhaltende stolze Ehepaare, die ihre in rote Kostüme verpackten Wichtel vor Plastiktannenbäumen und Kunststoffschneemännern fotografierten. Denn es war der 24. Dezember. Bruno hatte ihn vergessen. Aber hier erinnerten ihn sofort wieder die gläsernen Eiszapfen, die von den Dächern herabhingen, der künstliche Schnee und die Weihnachtsjingles, die den Verkehr überdröhnten, daran, selbst wenn ihm der Schweiß das T-Shirt unter den Achseln komplett durchnässte. Für Asien hatte er sich eigentlich entschieden, weil er es satt hatte, dieses scheinheilige Getue von harmonischer Familie, besonders am Heiligen Abend, den sogar sein Vater mal nicht bei seiner Tusse verbrachte, sondern schon am Nachmittag dem Krippenspiel in der Kirche seine Anwesenheit widmete, um stolz seine Sprösslinge aus der noch immer nicht geschiedenen Ehe zu verfolgen, d.h., ihnen kritische Ratschläge zur Optimierung ihrer Darbietung zu erteilen. Bruno trötete allerdings schon seit einigen Jahren nicht mehr als Hirte in seine Flöte. Jetzt mussten inzwischen die Zwillinge antreten, die immerhin den Aufstieg zu Maria und einem der heiligen drei Könige geschafft hatten. Als er und seine Geschwister kleiner waren, gab es dann auch noch diesen unsäglichen Weihnachtsmann vom Studentendienst, bei dem sie Gedichte aufsagen mussten, um an ihre Geschenke zu kommen. Ja, der Alte war stolz auf seine drei Kinder, von denen sein Ältester bald sein Abitur in der Tasche haben und studieren würde. So hatte der sich das jedenfalls gedacht, sein verhurter, verlogener Vater. Aber Bruno hatte ihm einen Strich durch die Rechnung gemacht. Er hatte diese heilige Familie mit ihrer heilig heilen Welt an den heiligen Feiertagen satt, er hatte sie weit hinter sich gelassen und dachte nicht im mindesten daran, dieses verlogene Fest zu feiern. Von nun an war Freiheit angesagt - ohne Stolle, ohne Schnee, ohne Krippenspiel und ohne Weihnachtsmann.

Dass hier aus den Kaufhäusern überall *Jingle Bells* und *We Wish You a Merry Christmas* die Straßen überflutete, irritierte Bruno, aber der nächste warme Regenschauer und die vietnamesische Nudelsuppe - sie hieß hier *Mien* - beruhigten ihn wieder. Was ihn weniger beruhigte, war sein Brustbeutel unter dem verschwitzten T-Shirt, dessen Inhalt das ungebundene Genießen der weiten Welt nicht mehr lange garantierte. Von zu Hause war nichts zu erwarten. Doch auf Jobsuche hatte er sich ohnehin eingestellt, und so eine Stadt bot immer Möglichkeiten. Die spiegelnden Glastüren des Rex, an dem er gerade vorbeikam, zogen ihn an. Jenes legendäre Hotel mit seinem noch legendäreren Dachgarten, auf dem an lauen Abenden im Vietnamkrieg die ausländischen Berichterstatter ihren Whisky gekippt hatten.

"Can I speak to your Manager? I'm looking for a job."

Der Manager des voll klimatisierten Hotels wurde geholt, begrüßte Bruno mit höflichem Lächeln, hörte sich dessen Anliegen lächelnd an, musste aber lächelnd auf dessen Dienste verzichten.

"I'm sorry, very sorry, Mister."

Man habe ausreichend Personal über diese für seine Touristen-Christen so bedeutenden Feiertage. Bruno solle es doch einmal einige Häuser weiter versuchen, immer geradeaus die Nguyen Hue entlang. Und schon befand sich der Mister wieder in der schwülen Hitze des alten Saigon.

"Straight ahead!", hatte ihm der höfliche kleine Mann in dunkelblauem Anzug und Krawatte erklärt. Also überquerte Bruno zuerst einmal die Straßenkreuzung, d.h., er hatte vor, sie zu überqueren, was bei dem Pulk an Motorrädern jedoch nahezu unmöglich war. Dicht aneinander gedrängt knatterten sie an ihm vorbei, die jungen Männer und Frauen ebenso wie die alten, allesamt selten allein auf ihren Mopeds, sondern den Freund, den Mann, die Freundin, die Frau, die Tante, die Oma, die Kinder, die Babys, allesamt mit auf dem Moped, von den Taschen und Beuteln, zuweilen auch den am Lenker herunter baumelnden Hühnern oder sogar einem auf dem hinteren Sitz mit Stricken festgezurrten lebenden Schwein ganz zu schweigen. Dabei ein ohrenbetäubendes Gehupe, das sämtliche Jingles übertönte. Hier auf die andere Straßenseite zu gelangen, glich dem reinsten Selbstmordunterfangen. Doch Brunos Selbstvertrauen grenzte schon immer an Größenwahn, wie sein Vater die Vorstellungen seines Sohnes nach dem versauten Abi mit Sicherheit kommentiert hätte. Und so hechtete er von freier Stelle zu freier Stelle zwischen den Fahrzeugen hindurch.

Der lächelnde Manager des Rex hatte Recht gehabt. Es war wirklich nicht weit bis zu dem kleinen Hotel, das seiner Dienste vielleicht bedurfte. Bruno drehte sich durch die Tür, seinen Rucksack auf dem Rücken, mit dem er fast den großen künstlichen Tannenbaum, der neben der Rezeption stand, zu Fall gebracht hätte. Das fing ja gut an. Der Portier kam ihm mürrisch entgegen. Man mochte keine Backpacker (Die schnorrten sich nur durch.), und schon gar keine, die auch noch einen so schönen bunten Tannenbaum in Gefahr brachten. Nach diesem Auftritt standen die Sterne wohl nicht so günstig. Aber mit dem ihm eigenen Selbstbewusstsein fragte Bruno dennoch nach einem Job. Schließlich wollte er kein billiges Zimmer, sondern nur etwas verdienen. Der Portier, der sich zugleich als Manager herausstellte, blickte ihn prüfend an. Er hatte etwas für ihn, allerdings nur für zwei Tage, und er bot ihm zusätzlich eine Kammer als Unterkunft an, natürlich nicht umsonst. Geil gelaufen! In zwei Tagen fand sich mit Sicherheit noch etwas anderes, zumal Bruno nur an den Abenden eingesetzt werden sollte. Pünktlich hatte er zu erscheinen, da er neben der Einweisung auch noch einzukleiden war. Also nicht Küche. Wahrscheinlich beim Servieren helfen. So genau hatte Bruno es nicht verstanden. Aber so genau hatte sich der inzwischen etwas freundlicher gewordene Manager auch nicht ausgedrückt. Allerdings hatte er ihn nach seinen Sprachkenntnissen gefragt und war höchst angenehm überrascht gewesen, dass der neue Mitarbeiter aus Germany kam, denn auch eine deutsche Reisegruppe hatte bei ihm eingecheckt. Vermutlich hatte das den Ausschlag gegeben. Also pünktlich um 19 Uhr im Büro.

Fünf vor sieben klopfte Bruno an die Glastür des Managers in der ersten Etage.

"Well, come in, Mister!"

Der Mister betrat ein kleines Büro, das angefüllt war mit allerlei asiatischem Firlefanz. Die allgegenwärtige goldfarbene Katze winkte ihm unablässig zu, während der Manager nach dem für Bruno bestimmten Outfit telefonierte. Tempo! Tempo! Um 20 Uhr sollte die Vorstellung beginnen. Was für eine Vorstellung?

"It's Chistmas, Mister!"

Oh Gott! Bruno hatte sich in der ihm zugewiesenen kleiner Kammer im obersten Stockwerk aufgehalten und offensichtlich alle Vorbe-
reitungsmaßnahmen für das abendliche Event
verschlafen, die sich im Foyer und im Speisesaal
inzwischen abgespielt hatten. Scheiß Weihnachtsfeier - genau mit der wollte er doch nie
wieder etwas zu tun haben! Wie war er erleichtert
gewesen, als ihm beim Betreten des Hotels vor
einigen Stunden nicht die hier üblichen Jingles
entgegen geschallt waren.

Inzwischen hatte sich eine zierliche Asiatin mit
einem voluminösen Paket auf dem Arm im Büro
eingefunden. Der Manager reichte es Bruno hinüber.

"Put it on, please!"

Bruno zerriss die Plastikverpackung. Nee...
nich'? So bekifft konnte man gar nicht sein! Alter,
nimm Dich zusammen! Nur niemals das Gesicht
verlieren! Niemals dem anderen das Gesicht
nehmen! Bruno zwang sich ein Lächeln ab. Auch
der Manager lächelte großmütig.

"It's a nice job, isn't it? You will have much
fun."

Oh jeah! 'ne Menge Fun! Der Manager drängte
Bruno, den weißen Rauschebart und den mit
Fellimitat eingefassten roten Mantel anzulegen.
Scheiße! Wenn ihn so jemand sehen konnte!
Waren ja zum Glück alles Fremde, und die

Bezahlung war in Ordnung, eine Bleibe gesichert. Sein Gesicht verliert man eben nicht in Asien.

Eine Stunde später fand sich Bruno im inzwischen nicht wiederzuerkennenden Erdgeschoss inmitten von zahlreichen fein gekleideten Asiaten und leger und sportlich angezogenen Langnasen wieder. *Rudolf* dudelte sich laut durch die Räume, in denen es inzwischen auch geschneit haben musste trotz der von der Klimaanlage kaum zu bewältigenden eindringenden hohen Außentemperatur. Die Plastikbäume bordeten über von Flitter und blinkenden Elektrolichtern und im Hintergrund verdeckte eine Kulissenwand mit bayerischer Schneelandschaft die geschnitzte Holztäfelung. Kleine rote Wichtel kamen singend herein, geleitet von einer weißen Teenie-Fee, die mit ihrem glitzernden Zauberstab zum Takt der Melodie herumfuchtelte. Die Show begann.

Da Brunos Einsatz erst nach dieser anfing, inspizierte er zunächst einmal den Speisesaal. Unglaublich! Ein riesiges Buffet inmitten des Saales, auf dem aber auch rein gar nichts zu fehlen schien: angefangen von der massiven französischen Schokoladentorte über den Plumpudding bis hin zur Dresdner Stolle. Über all dem thronte ein in einen riesigen Eisklotz gehauenes *Buon Noel*, von dem Bruno bezweifelte, dass es den Abend überleben werde, denn es schwitzte jetzt schon ebenso wie er selbst unter seinem weißen Bart. Aber immerhin taugte es dazu, die aufgetürmten Fischspeisen zu kühlen. Muscheln und Krebse. Bruno hatte keinen Hunger.

Auf den in den Ecken stehenden runden Tischen hatten sich Sektkelche als Champagner-pyramiden getarnt. Bruno nahm sich einen Softdrink. Vom Foyer meldete sich *Santa Claus is Coming to Town*, das Zeichen seines Einsatzes. Noch einen Schluck Cola und Santa Bruno begab sich schweren Schrittes hinüber, um den ihm zugewiesenen Platz neben dem großen Geschen-kesack einzunehmen, in den genervte Eltern, verliebte Paare und lang verheiratete Eheleute mit schlechtem Gewissen zuvor ihre Gaben, nett verpackt und säuberlich mit Namen versehen, abgelegt hatten.

Erwartungsvolle Blicke von Kinderaugen um-ringten ihn. Bruno fügte sich in seine Rolle zunächst höchst befremdet, doch dann steigerte er sich immer mehr hinein, je größer die Freude der Kinder war. Nicht in seinem tiefsten Drogen-delirium hätte er sich das je halluzinieren können. Er als dieser dämliche Weihnachtsmann mit Rauschebart! Zum Glück war Bielefeld weit weg. Schon bald waren die Gaben verteilt, da der Geschenkesack zur Hälfte mit Styroporkügelchen angefüllt war. Bruno sah zum Manager hinüber. Der lächelte. O.k. - seinen Job hatte er also zur Zufriedenheit erledigt. Das Geld für ein paar Tage Hütte am Strand war gesichert.

Doch nun begann die Party erst richtig. Die Polonaise: angeführt von Santa Claus! Mein Buddha, was tust Du mir an! Bruno begab sich stoisch in sein Schicksal. Schweißgebadet unter seinem roten Mantel ging es durch das Erdgeschoss und die Stufen in die erste Etage des Hotels hinauf und wieder hinab, hinein in die Küche und hinaus auf den Hinterhof, wieder hinein über die Straße durch die Drehtür, wo es sich staute, und alles von vorn. Eine gefühlte Ewigkeit, bis sich die Schlange endlich auflöste, um ihren Durst und Appetit im Speisesaal zu befriedigen. Bruno befriedigte ihn mit Unmengen an Mineralwasser. Gerade wollte er sich nach oben begeben, als ihm der Manager bedeutete, dass sein Job noch längst nicht beendet sei. Nun nämlich begann die Disco, auf die sich besonders die asiatischen Gäste gefreut hatten. Hier fand sich Gelegenheit zu europäischen Standardtänzen, die sie über alles liebten. Zu Santas Aufgaben gehörte es, die Tanzerei mit einem Wiener Walzer zu eröffnen. In Bielefeld besuchte man spätestens vor dem Abi die Tanzschule. Also bereitete das Bruno nun weniger technische Schwierigkeiten als emotionale. Er forderte eine mittelalterliche kleine Vietnamesin auf und schon bald walzten die beiden, sie in schickem schulterfreien Cocktailkleidchen, Bruno in langem roten Mantel und Bart, an den blinkenden Plastikbäumen vorbei. Brunos Tanzkunst war gefragt bei der asiatischen Damenwelt, die nicht ermüdete, ihn immer wieder aufzufordern unter den zufriedenen Blicken des Managers.

Der heilig lustige Abend neigte sich dem Ende. *Stille Nacht* erklang. Eine junge hübsche asiatische Person, mit der er auch schon zuvor mehrmals übers Parkett gefoxtrottet war und deren Namen er inzwischen kannte, hatte ihn aufgefordert. Die Kleine schmiegte sich an ihn. Sie tanzten sehr eng und träumten dahin zum *hoch heiligen Paar* und dem *Engel im lockigen Haar*.

"I love Santa!"

"And I love you, Shenny."

Mama, die 23. Tür klemmt!

WEIHNACHTEN -
WIE WAR DAS EIGENTLICH?

Gereizte Stimmung mit Kartoffelsalat: Das war das Weihnachten
meiner Kindheit, soweit ich mich
erinnern kann. Erwartungsvoll saß ich am Nachmittag des Heiligen Abends auf der Fußbank in
der Küche gegenüber dem riesigen Vogelkäfig, in
dem unsere Lora, ein grünes bissiges Vieh, das in
unserer Familie schon 25 Jahre länger als ich
voller Selbstbewusstsein seinen Platz behauptete
und nun herumkrakeelte. Wir schauten meiner
Mutter dabei zu, wie sie die Würstchen für das
Abendbrot am Herd zum Platzen brachte. Ab und
zu streckte mein Vater den Kopf zur Tür hinein
und ein explosiver Schlagabtausch zwischen
meinen Eltern begann. Doch endlich dann um 19
Uhr entspannte sich die Atmosphäre. Nachdem
wir zu dritt am Küchentisch unseren Kartoffelsalat mit den geplatzten Würstchen verspeist
hatten, wurde die Tür des Wohnzimmers geöffnet
und der Tannenbaum erstrahlte auf dem runden
Tischchen, das vor dem Balkonfenster stand. Die
silbernen Christbaumkugeln - noch aus Glas,
mundgeblasen - spiegelten das Kerzenlicht
zwischen glitzerndem Lametta, das nach dem
Fest sorgfältig vom Baum gezupft wurde und in
Lagen mit Papierstreifen zusammengebunden im

großen Weihnachtspappkarton verschwand - bis zum nächsten Jahr.

Nach dem Essen erschien der Weihnachtsmann, jedenfalls solange, bis ich an seinen Pantoffeln entdeckt hatte, dass es sich um unseren Nachbarn aus der dritten Etage handelte. Danach war der Spuk vorbei und ich bekam meine Geschenke unter den Weihnachtsbaum gelegt. Am Heiligen Abend kajolte ich dann mit meinem neuen Puppenwagen quer durchs Wohnzimmer, in dem meine große Babypuppe wohl mehr kotzte als schlummerte, spielte ein anderes Mal mit meinem neuen elektrifizierten Puppenhaus, das mein Vater zusammen mit einem Kollegen gebaut hatte und bei dem man sogar seinen Besuch mit einer Klingel anmelden konnte, setzte das rot gerahmte Fenster in die weiße Legosteinmauer oder zog aus den Schubladen des gerade unter dem Baum entdeckten Kaufmannsladens die Waren aus Zuckerguss hervor: Früchte, Gemüse, in Staniolpapier eingewickelte Butter, kleine bunte Zuckerkegel. Diese drapierte ich dann sorgsam neben kleine Kuchen, Brote und Brötchen in der Schaufensterauslage. Währenddessen tingelten meine Eltern immer zwischen der Wohnung unseres Nachbarn und unserer hin und her. Die Wohnungstüren konnte man damals ohne Bedenken noch sperrangelweit offen lassen.

Sobald ich lesen konnte, bekam ich regelmäßig vor dem Fest einen Bücherkatalog in die

Hand gedrückt, denn mein Vater war Mitglied des Bertelsmann-Buchclubs gewesen. Wieder auf der Fußbank in der Küche sitzend versah ich mit einem Kreuzchen alle Buchtitel, die mich interessierten. Meist klappte das auch mit der Wunscherfüllung. Nur einmal lag unterm Weihnachtsbaum statt *Corgi und der Zirkus Fix und der Zirkus*, was mich ziemlich enttäuschte. War das erste ein Buch zur über Wochen ausgestrahlten beliebten Fernsehserie, so handelte es sich beim zweiten um ein Bilderbuch. Darüber glaubte ich schließlich hinaus zu sein. Hier wurde der Grundstein zu meiner späteren Bibliothek gelegt, die weit über 10 000 Bände umfasst. Noch heute ist für mich das schönste Geschenk ein Buch.

Einen der Festtage verbrachten wir häufig bei meiner Tante. Ihre Geschenke waren legendär. Einmal bekam ich einen Puppenkochherd mit passenden Töpfen dazu. Aber auch hier interessierten mich immer wieder Bücher weitaus mehr. Gern las ich im großen Märchenbuch mit den bunten Bildern, das meiner älteren Cousine gehörte, das Märchen von *Zwergnase*. Dann lag ich mit Hase, dem Chow-Chow meiner Tante, zusammen auf dem Schafsfell am Boden und schmökerte.

Im Teeniealter entspannte sich seltsamerweise die gestresste Stimmung in unserer Familie. Meine Mutter und ich gingen am Nachmittag vor der Bescherung in die Kirche, eine Gelegenheit, heimlich meinen drei Jahre älteren und viel größeren Freund zu treffen. Kuss und Geschenke wurden ausgetauscht. Wie das ging, ohne dass meine Mutter es bemerkte, ist mir ein Rätsel. Aber vielleicht tat sie ja auch nur so, als ob sie nichts sähe. Einen kleinen braunen Steiffbären halte ich noch heute in Ehren.

Und dann trat mein lieber Michael in unser Leben, als ich gerade 16 war. Schon bald übernahm er das Braten der Weihnachtsgans für die Feiertage, später der Pute, da die weniger fett war. In den Sechzigern hatte man sich von den Hungerjahren der Nachkriegszeit endgültig erholt und achtete wieder auf seine Linie. Wie gewohnt gab es am Heiligen Abend erst einmal den obligatorischen Berliner Kartoffelsalat in der Küche, während an den kommenden Feiertagen Michael das Menu servierte. Sein Kochen entlastete meine Mutter erheblich, die alles andere als eine begnadete Köchin war, und so blieb es dabei auch die kommenden 35 Jahre, obwohl die Örtlichkeiten wechselten, auch wenn die gereizte Stimmung auf andere Weise wieder auftrat - allerdings ohne Kartoffelsalat. Zunächst verbrachten Michael und ich natürlich einen der Feiertage bei meinen künftigen Schwiegereltern, was sich jedoch kaum mehr als aufs Kaffeetrinken und Abendbrot beschränkte. Den Rest des Tages vergnügten wir uns mit

Fotozeitschriften und Platten in Michaels Zimmer oder gingen durch den Schnee im Stadtpark Schöneberg spazieren.

Dann kam die erste eigene Wohnung, unsere Studentenbude mit Ofenheizung im Wedding, später eine halbe herrschaftliche Wohnung in Wilmersdorf. Grundsätzlich fand der Heilige Abend nun dort statt. Michael und ich klapperten an den Tagen zuvor die Weihnachtsbaumstände auf den Straßen ab, um einen schönen, aber möglichst preiswerten Tannenbaum, der sich fast immer als Fichte herausstellte, zu ergattern. Nicht immer waren sie schön und gleichmäßig gewachsen, diese Bäume. Dann stellten wir die kahlere Seite einfach nach hinten, so dass sie niemand mehr sehen konnte. Einmal hatten Freunde ihren über drei Meter hohen Tannenbaum im Garten abgesägt, den wir anschließend auf dem Autodach zu uns nach Hause transportierten. Damit er nicht umfiel, mussten wir ihn an der Türklinke festbinden. Als wir einige Tage später einmal zur Decke hinauf blickten, traf uns fast der Schlag. Aberhunderte von kleinen Spinnentierchen überlebten dort noch für mindestens drei weitere Wochen.

Ein kleines Weihnachtswunder offenbarte sich uns in unserer Studentenwohnung. Die Katze unseres dänischen Nachbarn hatte wie üblich ihren Weg über den Hausflur in unsere Wohnung gefunden, den langen Korridor entlang bis ins

Wohnzimmer, wo der mit elektrischen Kerzen erleuchtete Tannenbaum auf dem Schreibtisch am Fenster stand. Für das junge Tier eine völlig neue Erfahrung. Total verzaubert saß das Kätzchen schon bald auf dem Schreibtisch und tapste vorsichtig mit der Pfote nach den Kugeln. Wir waren hingerissen, wie es wohl sonst nur Eltern beim ersten Weihnachtsfest ihres Kindes sind.

Der Rahmen des Heiligen Abends blieb die nächsten Jahrzehnte immer der gleiche. Am Vormittag besuchte uns unsere älteste Freundin zum Lachsfrühstück, das wir in der Küche einnahmen. Hier floss der Sekt, was die Stimmung lockerte und somit durchaus für den Verlauf des Tages von Vorteil war.

Denn da wir zu Michaels Eltern nie ein besonders gutes Verhältnis hatten, war es ein Lotteriespiel, wie der Heilige Abend wohl verlaufen werde. Schon am Nachmittag trudelten meine Eltern bester Stimmung ein, meine Schwiegereltern sauertöpfig etwas später. Es gab Stolle. Mit belanglosen Themen schwatzte man sich in den Abend hinein. Häufig tollten unsere Rattenkinder zwischen unseren Füßen herum oder irgendeiner hatte sie auf dem Schoß. Einmal bekam unsere Frieda Nietzsche sogar einen Adventskalender geschenkt: einen leeren Schokoladenkalender mit Käsehäppchen gefüllt. Und selbstverständlich öffnete sie mit ihren geschickten kleinen Pfoten jedes Türchen, um mit dem gefundenen Leckerbissen im Maul blitzschnell unter dem Klavier zu verschwinden. Unser Rattenkind! Michael und ich setzten uns zwischdurch in die Küche ab und überließen meinem Vater die Konversation. Er war Meister darin. Auf ihn war immer Verlass, denn er bewältigte diese ihm zugefallene Aufgabe stets auf sehr diplomatischem Wege. Zum Abendessen luden Michael und ich in die kleine Küche unserer Studentenbude mit ihren rot gestrichenen alten Möbeln, später in die große Altbauküche in der Ludwigkirchstraße, wo wir am runden in England erworbenem Double-Gate-Leg unsere Plätze einnahmen. Kartoffelsalat und Würstchen gab es nun nicht mehr. Statt dessen servierten wir in unserer Studentenzeit oft Leber in Rotwein oder Sambalmaniskottelett (das Stück zu 98 Pfennigen bei Edeka). Nachdem ich einen Job hatte, wechselten wir zu Wild oder Fischplatte über. Zurück im Weihnachtszimmer wurden die Geschenke ausgetauscht und man umarmte sich - katzenartig mit meinen Schwiegereltern. Häufig waren es Kuverts von unseren Eltern. Dabei ließ es sich meine emanzipierte Mutter nicht nehmen, uns ihr eigenes Kuvert zu überreichen. Gegen zehn war das Fest vorbei, Michael und ich mal ausgelassener, mal getrübter oder aggressiver Stimmung, je nachdem, wie sich seine Eltern gegeben hatten. Vor lauter

Frust hatte ich mich einmal sogar mächtig betrunken. Mein armer Michael! Aber so ist das eben mit der Familie. Seit sie an Weihnachten die Stelle der Religion eingenommen hat, erwartet man selbstverständlich die perfekte Stimmung eines perfekten Festes in perfekter Umgebung. Aber das ist wohl nicht nur in unserer Familie zuweilen ein Trugschluss gewesen.

Am ersten Feiertag gab es weiterhin die traditionelle Gans oder Pute bei meinen Eltern, die natürlich Michael zubereitet hatte und die wir in der Küche im Kerzenschein der alten Pyramide meines Urgroßvaters mit großem Appetit verspeisten. Am zweiten Feiertag wurde das Festmahl nach draußen verlagert. Für meinen Vater war Essen-Gehen zentral. Vielleicht weil er sich fünf Jahre lang in russischer Gefangenschaft von Wassersuppe und Sauerkraut hatte ernähren müssen. Er hatte einen Tisch im Restaurant bestellt. Beim Italiener, später immer beim Chinesen, mit dessen mongolischer Bedienung wir uns angefreundet hatten und die sich ganz reizend meinen Eltern gegenüber verhielt. Oftmals besuchten wir auch an einem der Nachmittage alle zusammen eine Varieteeschau im Friedrichstadtpalast oder Wintergarten.

Eine Abweichung vom Schema bot eines Jahres mein unbeschreiblicher Zahnschmerz. Noch am Nachmittag des 24.Dezember suchten wir einen Zahnarzt auf, der gerade Notdienst hatte.

Ich bestand darauf, den Nerv zu töten, ob dies nun sinnvoll erschien oder nicht. Der Schmerz ließ dank der Betäubungsspritze nach, um sich pünktlich, als wir mit Eltern und Schwiegereltern beim Abendessen saßen, wieder einzustellen. Demzufolge war unser erster Weg am Morgen des folgenden Feiertages zu einem weiteren Notarzt der Zahnheilkunde. Nochmals bestand ich darauf, selbigen Nerv zu töten, auch wenn das jetzt überflüssigerweise zum zweiten Mal geschah. Wir standen mächtig unter Druck, da wir am kommenden Tag nach Marokko fliegen wollten. Natürlich meldete sich auch an diesem Tag der Zahnschmerz pünktlich. Zahnklinik war angesagt. Das Wartezimmer war voll. Wir zogen die Nummer 23. Unmöglich! Wir mussten doch unser Flugzeug rechtzeitig erreichen. Und das stand in Hannover. Also ließen wir die Nummer Nummer sein und statt der Konsultation packten wir Unmengen an Schmerzmitteln in den Koffer. Es wurde ein Urlaub mit Zahnschmerzen, derer weder die Tabletten noch ein Besuch des Zahnreißers im Souk Herr wurden und die sich im Januar als eine Trigeminusneuralgie herausstellen sollten. Sie begleitete mich noch einige Jahre.

Die letzten vier Jahre unseres gemeinsamen Familienlebens waren Michael und ich mit meinen Eltern zusammengezogen in unsere schöne große Altbauwohnung in der Gasteiner Straße.

Geschäftig tätigten wir hier nun unsere Weihnachtsvorbereitungen alle gemeinsam. Dazu gehörte auch das Fotografieren für die Weihnachtskarten an Freunde. Immer alle vier verkleidet: mal als Wichtel mit Bärten, mal als dänische Lucia mit Lichterkrone auf dem Kopf (Meine damals 90jährige Mutter eignete sich besonders gut.), mal als Goldgräber mit Spaten im Bergwerk das Glück fürs neue Jahr ausgrabend. Diese schöne Tradition behielt ich bei, nur dass die Fotomodelle zuweilen wechselten. Während der Baum weiterhin Michaels und meine Aufgabe war, half mir mein Mausilein immer beim Auswickeln sämtlicher Weihnachtsengel und Krippenfiguren. Und die waren Unmengen, zumal wir regelmäßig jeden Sommer im Kirchenladen gleich neben dem Florentiner Dom noch weitere Krippenfiguren erstanden. Prunkstück war ein Kamel mit seinem Treiber. Schon bald verwandelte sich das Wohnzimmer meiner Eltern im vorderen Teil der Wohnung zum zentralen Weihnachtszimmer mit leuchtendem Christbaum und großer Pyramide. Der alljährliche Ablauf am Heiligen Abend blieb, nur dass meine Eltern ab nun nicht mehr zu Besuch kamen, sondern hier wohnten. Sogar das Abendessen wurde wieder in der Küche eingenommen, die sich allerdings inzwischen verkleinert hatte, so dass wir den alten Tisch aus Mutters ehemaliger Küche bei sechs Personen von der Wand abrücken mussten.

Eine besondere Eigenart unserer weihnachtlichen Gepflogenheiten war es, den Weihnachtsbaum in Böllscher Manier bis nahezu gegen
Ostern vor sich hin nadeln zu lassen. Erst dann
wurde meist im März oder auch schon mal im
April die Weihnachtszeit mit unseren Freunden
zusammen offiziell für beendet erklärt. Natürlich
gab es an diesem Termin einen letzten Gänsebraten und Geschenke, während im Hintergrund
der Weihnachtsjazz dudelte. Erst danach wurde
das trostlose Baumgerippe in Einzelteile zerlegt
und dem Frühling überlassen. Diese recht in-
dividuelle Tradition behielt ich mit unseren alten
Freunden auch lange noch nach Michaels Tod
bei, selbst wenn nun kein Baum mehr nadelte,
sondern nur noch die Pyramide ihre Glöckchen
erklingen ließ.

Grundsätzlich waren die Adventstage auch immer einem Zusammensein mit Freunden gewid-
met, sowohl zu Michaels Zeiten als auch danach.
An Stelle von Michael stand nach seinem Tode
nun ich als professionelle Nicht-Köchin neben
dem Herd und servierte geschwollen brüstig meinen Gästen einen zum Gulasch zerlegten Hir-
schen. Schließlich gab es so herrliche Fertig-
produkte aus der Tiefkühltruhe.

10 Jahre lang fanden in der Weihnachtszeit
auch die Pawlich-Power-Musikabende statt, zu
denen Michael und ich alle meine ein Instrument
spielenden Schüler einluden. Unterbrochen von

Lachsschnitten und Sekt gab es jedes Mal einen E-Musik- und einen U-Musik-Teil, angekündigt durch Plakate und ausgedruckte Programme, die wir in Absprache mit den Solisten schon Wochen zuvor verschickten. Die Atmosphäre an diesen Abenden war erfüllt von Lampenfieber bei Geigen-, Klavier-, Flöten-, ja selbst Trommelklängen, lautem gemeinsamen Rudolf-Rentier-Gesang und natürlich von gelöster Ausgelassenheit. Jeder war glücklich und stolz, wenn sein Beitrag fehlerfrei über die Bühne gegangen war und die feuchtkalten Finger langsam wieder eine normale Temperatur annahmen. Mit Michaels Tod endete leider diese Gastlichkeit, was beweist, dass er in allen Situationen die Seele unserer Familie gewesen war.

24. Dezember 2001. Am späten Nachmittag meldeten sich mit dem Klingelton an der Haustür meine Schwiegereltern an. Merkwürdig. Sie kamen in der dritten Etage nicht an. Michael und ich rannten im Hausflur die Treppe hinunter und fanden im ersten Stockwerk meinen Schwiegervater zusammengebrochen vor. Ausgeschlossen, dass er den Weg hinauf fortsetzen konnte. Während Michael auf den Stufen sitzen blieb, den Kopf seines Vaters im Schoß, rannte ich hinauf und alarmierte die Feuerwehr, die wenig später zusammen mit einer Notärztin eintraf. Mein Schwiegervater hatte sich in der Zwischenzeit wieder etwas erholt und gemeinsam brachten wir

ihn hinauf in unsere Wohnung. So saßen wir nun alle etwas bedrippt unterm Weihnachtsbaum: Vater und Mutter, mein Schwiegervater und meine Schwiegermutter, Michael und ich, die Feuerwehrmänner und die Notärztin. Glücklicherweise ging es aufwärts mit dem Patienten, so dass sich die kleine zu Hilfe gerufene Truppe eine halbe Stunde später verabschieden konnte und wir nach der unerwarteten Aufregung den Abend in etwas gedämpfter Stimmung fortsetzten. Aber Stimmungsunberechenbarkeiten waren wir ja in dieser Formation gewohnt. Mein Schwiegervater hielt sich zwar mit dem Essen zurück, schien aber wieder voll hergestellt zu sein, als Michael ihn und meine Schwiegermutter gegen 22 Uhr mit dem Auto nach Hause fuhr. Das war das letzte Mal, dass wir Michaels Vater sahen. Es sollte das letzte Weihnachtsfest für ihn sein. Was wir an diesem Abend nicht ahnten, war, dass es auch das letzte für Michael war. Er hatte mich mit 17 auf einer Berliner Silvesterfeier im Funkturm gefragt, ob ich ihn heiraten wolle, und wir verbrachten 35 gemeinsame wunderschöne Jahre. Einige Jahre nach seinem Tode sollte Mausel einer inzwischen Endfünfzigerin in der Weihnachtsnacht die gleiche Frage stellen. Es wurden ohne Ehering leider nur zweieinhalb total verrückte, aufregende Jahre.

Das folgende Jahr nach Michaels Tod verbrachte ich den Heiligen Abend im Seniorenheim in Zehlendorf bei Vater und Mutter im Zimmer. Bei uns war inzwischen alles zusammengebrochen. Da ich wieder arbeiten ging, hatte ich meine beiden Lieben schweren Herzens im Heim unterbringen müssen. Das machte mir unglaubliche Gewissensbisse, die mein Vater noch verstärkte, indem er mir das nie verzieh. So gingen wir auch in völliger Disharmonie an diesem seinem letzten Weihnachtsabend auseinander. Etwas aufgefangen wurde ich von Freunden, bei denen ich für den Rest des späten Abends eingeladen war.

In den Jahren danach fand ich mich zur Weihnachtsfeier abermals im Heim ein. Jetzt gab es hier nur noch mein Mausilein. Der erste Abend zu zweit war weitaus harmonischer verlaufen als im Jahr zuvor. Um 22 Uhr verabschiedete ich mich etwas verfrüht von meiner geliebten Mutter, um mit meinem neuen Partner den Abend fortzusetzen. Er kam zu spät, was meine harmonische Grundstimmung für geraume Zeit ziemlich trübte. Gegen Mitternacht pilgerten wir in Eiseskälte einige Querstraßen weiter zur Ludwigkirche, um dort die Turmbläser zu hören. Nur leider hatten wir sie um eine Stunde verpasst. Aber diese chaotischen Verirrungen mit ihm sollten symptomatisch für die folgenden vier Jahre unseres Zusammenlebens werden.

Die Weihnachtstage in dieser Zeit verbrachten wir beide wieder bei meiner Mutter im Heim.

Immer mehr war sie aufgrund ihrer Demenz zu meinem Kind geworden. Wenn ich sie fragte, was sie sich wünsche, bekam ich einmal zur Antwort:"einen Apfel", ein anderes Mal:"eine Schürze", einmal:"eine Jungenpuppe", Wünsche, die ich nur allzu gern erfüllte. Sie zeigen, wie genügsam das Leben am Ende wird. Natürlich bemühte ich mich sehr, ihr weitere Freuden zu bereiten. Einmal schenkte ich ihr ein Karussell mit Pferden und Tigern, das nahezu 30 Melodien spielen konnte, während es sich drehte. Alle alten Frauen im Heim beneideten sie darum, wenn es sich im Speiseraum drehte. Ein anderes Mal, als sie eine sehr reizende und fürsorgliche, auch demente Zimmermitbewohnerin hatte, bekamen beide einen Poncho geschenkt. Frau N. war gerührt, und beide alten Frauen saßen später zufrieden nebeneinander in ihren Rollstühlen in der Wintersonne, jeder eingehüllt in seinen Poncho. Aber vielleicht war es auch die Weihnachtsgans, die wir für sie beide zu Hause gebraten hatten und ihnen mit Kartoffeln und Rotkohl auf ihrem Zimmer servierten, die ihnen die größere Freude bereitete. Auf die Frage bei unserem letzten gemeinsamen Weihnachten nach Mausileins Wunsch, bekam ich nur zur Antwort:"Nichts. Hauptsache, wir sind zusammen." Das waren wir auch - und das schon Wochen vor dem Weihnachtsfest. Da der Tod bevorstand, war ich bereits im Oktober in das Zimmer meiner Mutter übergesiedelt, wo ich Tag und Nacht mit ihr zusammen verbrachte. Mein Lebensabschnittspartner, so nennt man das wohl, lieferte das Essen an. So auch an diesem 24. Dezember, an dessen Morgen ein netter Pfleger versprochen hatte:"Heute bleiben Sie nicht im Bett, Frau Kreisch." Und so geschah es auch. Mausilein lag mehr, als dass sie saß, in ihrem gepolsterten Liegestuhl inmitten von uns beiden. Essen konnte sie leider nicht mehr, was sehr traurig war, da sie so gerne gegessen hätte, aber nicht mehr schlucken konnte. Wir sahen eine Weihnachtsshow im Fernsehen, worüber mein armes Mausilein immer wieder einschlief. Über dem Gerät leuchtete der Schwippbogen und im gesamten Zimmer ergänzten rote Amaryllis die weihnachtliche Stimmung. Bis zu ihrem Tode im darauf folgenden Januar sollten sie meine geliebte Mutter begleiten. Ihren 98ten Geburtstag im Februar hatte sie nicht mehr erleben können. Aber so lange sie lebte, war jeden Tag Weihnachten, wofür schon unsere weiterhin in vollem Kerzenlicht erstrahlende Pyramide selbst noch in der Nacht nach ihrem Tode bürgte. Meine Mutter hatte sie vom Großvater geerbt, der ja vielleicht schon auf sie wartete.

Da mich auch mein Partner nach Mausis Tod verlassen hatte (lebendig), verbrachte ich das nun folgende Weihnachtsfest ganz weit weg, so weit weg, wie es nur irgend ging. Wo ich jetzt endgültig mutterseelenallein war, traf es sich gut, dass es zum ersten und einzigen Mal in Berlin drei Wochen Weihnachtsferien gab. So buchte ich eine Reise nach Asien und gelangte am Heiligen Abend nach Ho Chi Minh City. Es war umwerfend. Das verrückteste Weihnachten, das ich je erlebt hatte. Der erste Teil des Tages verlief noch ähnlich wie auf jeder Fernreise, diesmal geprägt von Tempel-Besichtigungen und einer Speedbootfahrt im Longtail auf dem Mekong, wo ich die Gelegenheit nutzte, meine Kräfte mit einer ausgewachsenen Boa zu messen. Am späten Nachmittag kehrte unser Reisebus zurück ins ehemalige Saigon, wo wir nur schleppend voran kamen. Die Straßen waren überfüllt von Motorrädern, die hupend das Fest begrüßten. Vermutlich wollten sie sich aber auch nur mit dem Lärm ein wenig Platz verschaffen, um selbst vorwärts zu kommen. Überall in den Bäumen hingen bunte Lichterketten, vor den Häusern standen Plastikschneemänner neben bunt geschmückten Tannenbäumen aus Kunststoff, von den Dachfirsten tropften Eiszapfen aus Glas herunter und auf den Dächern türmte sich der Schnee aus Styropor. Zwischen den Luftballonverkäufern, bei denen man nur darauf wartete, dass sie wie Mary Poppins gleich mit ihren vielen bunten Ballons in die Luft abheben würden, tollten Kinder in roten Wichtelkostümen herum, die von ihren Eltern neben Schneemann und Santa voller Stolz foto-

grafiert wurden. Und an jeder Ecke ertönte laut-
stark aus einem der vielen Lautsprecher: *We
Wish You a Merry Christmas* oder *Jingle Bells*.
Völlig durchgeschwitzt erreichten wir unser Hotel
im alten Saigon, dessen neobarocke Bauten noch
immer an die französische Kolonialzeit erinnern,
und lechzten nach einer Erfrischung, die nicht
nur die lauwarme Dusche im Hotel bot, sondern
auch ein Whisky auf der Dachterrasse im gegenüber gelegenen legendären *Rex*, in dem sich
schon die ausländischen Reporter des Vietnam-
kriegs in den Siebzigern ihre Drinks mixen ließen. In der inzwischen hereingebrochenen Dunkelheit des heißen Tages konnten wir von hier
oben gelassen das Verkehrschaos aus der Vogel-
perspektive beobachten. Noch handelte es sich
um Motorräder, da die Einfuhr von Autos mit
100 Prozent besteuert wurde. Aber das wird sich
vermutlich wohl ebenso schnell ändern, wie das
in China geschehen ist, wo inzwischen die Fahr-
radfluten durch Automobile ersetzt worden sind.
Um zur pünktlich um 20 Uhr beginnenden Weih-
nachtsparty im Hotel zu gelangen, mussten wir
den Platz vor dem *Rex* erneut überqueren, was
nahezu lebensgefährlich war, denn in Vietnam
kann man sich nicht darauf verlassen, dass die
Verkehrsteilnehmer anhalten, wenn man ihnen
seine Absicht signalisiert, so wie das in Italien
üblich ist. Nach mehreren Anläufen nahmen wir
all unseren Mut zusammen, im Pulk die breite

Fahrbahn zwischen dem lautstarken Gehupe zu überqueren. Gemeinsam sind wir stark, wobei natürlich jeder panisch danach trachtete, nicht den Platz am äußeren Ende einnehmen zu müssen. Erleichtert gelangten wir ins Hotel zurück, wo uns schon ein typisch französisches Buffet mit Häppchen und der traditionellen Schokoladentorte empfing. Inmitten der mit allen europäischen Köstlichkeiten überfüllten Tafel wünschte uns ein aus einem riesigen Eisblock gehauenes *Bon Noel* einen schönen Abend, dessen langsames Vor-sich-hin-Tauen jedoch nicht zu verhindern war bei den hochsommerlichen Temperaturen. Im Nebensaal erwartete uns inmitten einer weihnachtlichen Kulisse voller Sterne und Plastiktannenbäume eine gewaltige Champagnerpyramide. Vielleicht war es auch nur Sekt, aber Champagner hört sich einfach besser an. Und nun ging es los. Die Show begann. Zwölf kleine Wichtel in ihren roten mit weißem Kunstpelz eingefassten Kostümen tanzten zu amerikanischen Weihnachtssongs durch den Saal und bildeten sozusagen den Auftakt für einen ein besinnliches Fest gewöhnten Deutschen ungewöhnlichen Abend, der den zahlreichen anwesenden Vietnamesen jedoch keinesfalls so ungewöhnlich vorkam. Sie sind dafür bekannt, dass sie gerne feiern, egal, ob es sich um buddhistische, muslimische oder christliche Festlichkeiten handelte. Hauptsache ein Fest.

Für die friedliche Verschmelzung aller Religionen ist nicht nur die Co-Dao-Sekte in diesem Land bekannt. Welch weiser Fortschritt. Den kleinen Mädchen folgten junge Damen in Engelskostümen, die weitere fröhliche Christmas Songs ins Mikrophon hauchten. Und dann begann die Party mit Polonaise durchs Hotel und Tanz, vorzugsweise europäische Standardtänze. Ich war gefragt, da ich als Europäerin mit meinen ständig wechselnden vietnamesischen Tanzpartnern professionell übers Parkett foxtrottete. Als mein persönliches Highlight des Abends schloss sich ein Walzer mit dem Weihnachtsmann an. Nicht mal als Kind war mir ein solches Vergnügen vergönnt gewesen! Es war einfach himmlisch, besonders nachdem, was ich hinter mir hatte. Die ausgelassene Fröhlichkeit war echt, auch wenn man den Asiaten in der Regel nur Freundlichkeit als Ausdruck der Höflichkeit nachsagt. Und sie war auch bei mir echt. Den Abschluss eines für mich so wundervollen Abends bildete dann wieder eher ein besinnlicher Teil: *Stille Nacht,* zu deren ruhiger Melodie die Paare eng umschlungen übers Parkett schlichen. Ich stand am Rande der Tanzfläche und freute mich mit ihnen. Und mir rann eine Träne über die Wange. Draußen hupten in der Hitze der Nacht die Motorräder.

Im kommenden Jahr fand ich mich glücklich inmitten meiner neuen kleinen Familie wieder,

188

bestehend aus Mausel, seiner 87jährigen Mama und Hannibal, unserem verrückten Brijard. Den Tag des Heiligen Abend verbrachten wir bei Mausel im Grunewald, wo das Ereignis des Tages darin bestand, dass Mama die Haare geschnitten bekam, selbstverständlich von Mausel. Ihr schwebte eine kinnlange Frisur vor. Und Mausel machte sich selbstbewusst an die Arbeit. Schließlich hatte ihn eine seiner Visagistinnen in das Geheimnis der Frisierkunst eingeweiht. Und was beim Film ging, musste schließlich auch für das wahre Leben taugen. Also bewaffnete sich Mausel mit Kamm und Schere und legte los. Heraus kam dabei ein Haarschnitt, der auf der einen Seite das Ohr einen guten Zentimeter bedeckte, auf der anderen eher über dem Ohr anzusiedeln war. Mama war totunglücklich und ziemlich wütend auf Mausel, der diese Wut durchaus noch in der Lage war zu steigern, indem er in selbstbewusster Ironie immer wieder mal am Tag kommentierte:"Asymmetrisch - wie die Hamm-Brücher." Erst am fortgeschrittenen Abend, als wir alle in meine Wohnung umgezogen waren, um endlich in Ruhe zu feiern, legte sich Mamas Groll. Und sie konnte auch schon wieder lachen, als ich ihr mein Weihnachtsgeschenk überreichte: zwei Perlmutt belegte Haarspangen. Hanni applaudierte dazu, als er sich zum ersten Mal in seinem Leben im Spiegel erblickte und vor

Staunen und Freude mit der Pfote minutenlang auf den Boden klopfte:"Wie die Hamm-Brücher!"

Da sich Mausel und ich gestritten hatten, fand das folgende Weihnachtsfest für Mausel und Mama allein mit einer Pute auf Eis statt, während ich voller Verzweiflung nach einer Möglichkeit suchte, den Abend nicht allein verbringen zu müssen. Alles, bloß nicht allein! Das war gruselig. Meine Cousine lud mich voller Selbstverständlichkeit ein, bei ihr und ihrer Partnerin in Hamburg zu feiern, um mich voll schlechten Gewissens kurz danach wieder auszuladen. Auch wenn ich mich bemühte, ihre Begründung halbwegs nachzuvollziehen, war ich am Boden, denn aus falschem Stolz wollte ich nicht doch noch zusammen mit Mausel feiern, was dieser in seiner kindlichen Art gar nicht hatte verstehen können, wie er mir später berichtete. Natürlich hatte er auf mich gewartet. Und ich dumme Pute hatte es nicht bemerkt. Aber irgendwie erbarmte sich in meiner selbst provozierten Einsamkeit dann doch der Himmel in Form meines Cousins aus Wolfsburg und seiner Familie, für die es selbstverständlich war, dass ich anreiste. Und so trudelte ich mittags mit dem ICE in Wolfsburg ein, genau wie alle alleinstehenden älteren Frauen im Zug, die bei ihrer Verwandtschaft zum Fest Zuflucht suchten. Dabei blieb es dann die restlichen Jahre, nachdem Mausel und Mama gestorben waren. Ein klassisch deutsches

Weihnachtsfest unterm Weihnachtsbaum mit Kind, Oma - und Tante aus Berlin. Nach dem typisch schlesischen Mittagessen (Bratwurst und Kartoffelbrei mit Sauerkraut) bei der Oma am Küchentisch, stand der obligatorische Kirchenbesuch an. Immerhin predigte der rundliche Pfarrer, mit dem man gut bekannt war und sich im Honoratiorenkreis der Kleinstadt hin und wieder zum Glas Wein traf. Schließlich vergab auch die Kirche Bauaufträge für einen Architekten. Außerdem sang die Frau meines Cousins, die zugleich eine gute Freundin ist, im Gospelchor und verlieh zusammen mit ihren Mitschwestern der Predigt ein wenig Schwung. Dann kam das Abendessen (am ersten Feiertag immer Stallhase aus verwandtschaftlicher Zucht) unterm mit aberhundert kleinen Figürchen geschmückten Baum, der sich im Klang des alten Spieluhrfußes drehte, später das gemeinsame Singen zum mehr oder minder geübten Klavierspiel im Wohnzimmer (Oma und ich schmetterten aus Leibeskraft), danach das gemeinsame Auspacken der Geschenke um den kleinen runden Tisch herum. Die bunten Weihnachtbögen wurden sorgfältig wieder glatt gestrichen:"Fürs nächste Jahr, so schönes Papier!", und Sohnemann, immer schon ein wenig spleenig, wie recht begabte Söhne oftmals so sind, überreichte in Zeitungspapier. Spätestens dann waren kleine Zwistigkeiten zwischen Kind und Mutter, in die ich mich nicht der *mediativen!* Einmischung enthielt, beseitigt. Ein Gläschen Wein rundete die wie in merry old England bunt bepuschelt und behüteten Abende ab. Am ersten Feiertag gesellte sich noch der jüngere meiner beiden Cousins mit seiner kleinen Familie hinzu. Ich war im übrigen die Einzige, die ihn noch Monky nennen durfte, vielleicht weil ich in meiner frühen Jugend mit ihm als Kleinkind auf dem Arm mal die Treppe hinunter gestürzt war und wir beide diesen freien Fall heil überlebt hatten. Nahezu ein Weihnachtswunder mitten im Sommer! Und so begann das weihnachtliche Procedere noch einmal von vorn. The same procedure as last day and every year. Allerdings ohne Puscheln und Hütchen. Ich hatte zu meiner neuen alten Familie gefunden, denn Weihnachten ist eben doch ein traditionelles Familienfest, auch wenn meine Sehnsucht zuweilen dem Klischee einer Großfamilie oder mindestens einer amerikanischen Party mit unzähligen Freunden galt, wie ich sie einmal im amerikanischen Film vom *dünnen Mann* gesehen und in Saigon nahezu erlebt hatte. Doch die Realität ist anders und ich bin sehr dankbar für mein kleines Familienfest.

*Frohe Weihnachten
allen meinen Freunden
und Lesern!*